AF821701

हिन्द पॉकेट बुक्स

पंखहीन तितली

हंसराज रहबर हिन्दी और उर्दू के महत्त्वपूर्ण लेखक, कवि और आलोचक थे। उनका जन्म हरिआऊ संगवां (पूर्व रियासत पटियाला) ज़िला सुनाम में हुआ। आर्य हाई स्कूल, लुधियाना से मैट्रिक करने के बाद डी.ए.वी. कालेज, लाहौर से बी.ए. का इम्तिहान पास किया। आज़ादी के बाद इन्होंने इतिहास में एमए किया। वे अपनी लेखनी के माध्यम से देश की आज़ादी की जंग लड़ रहे थे और इसी क्रम में 1942 में हिंदी रोज़ाना *मिलाप* के संपादकीय मंडल में शामिल हो गए, परन्तु कुछ महीनों बाद अंग्रेज़ों के खिलाफ लिखने के कारण गिरफ़्तार कर लिए गए। आज़ादी की जंग में भाग लेने के कारण वह कई बार जेल गए। उनके बीस उपन्यास, दस कहानी-संग्रह और समीक्षा व आलोचना की सत्रह पुस्तकें प्रकाशित हुईं हैं।

पंखहीन तितली

हंसराज रहबर

हिन्द पॉकेट बुक्स
पेंगुइन रैंडम हाउस इम्प्रिंट

हिन्द पॉकेट बुक्स

यूएसए | कनाडा | यूके | आयरलैंड | ऑस्ट्रेलिया
न्यू ज़ीलैंड | भारत | दक्षिण अफ्रीका | चीन

हिन्द पॉकेट बुक्स, पेंगुइन रैंडम हाउस ग्रुप ऑफ़ कम्पनीज़ का हिस्सा है,
जिसका पता global.penguinrandomhouse.com पर मिलेगा

पेंगुइन रैंडम हाउस इंडिया प्रा. लि.,
चौथी मंजिल, कैपिटल टावर -1, एम जी रोड,
गुड़गांव 122 002, हरियाणा, भारत

पेंगुइन
रैंडम हाउस
इंडिया

प्रथम हिन्दी संस्करण हिन्द पॉकेट बुक्स द्वारा 1980 में प्रकाशित
यह हिन्दी संस्करण हिन्द पॉकेट बुक्स में पेंगुइन रैंडम हाउस द्वारा 2022 में प्रकाशित

कॉपीराइट © हंसराज रहबर, 1980

सर्वाधिकार सुरक्षित

10 9 8 7 6 5 4 3 2

इस पुस्तक में व्यक्त विचार लेखक के अपने हैं, जिनका यथासंभव तथ्यात्मक
सत्यापन किया गया है, और इस संबंध में प्रकाशक एवं सहयोगी
प्रकाशक किसी भी रूप में उत्तरदायी नहीं हैं।

ISBN 9789353494308

यह पुस्तक इस शर्त पर विक्रय की जा रही है कि प्रकाशक की लिखित पूर्वानुमति के
बिना इसका व्यावसायिक अथवा अन्य किसी भी रूप में उपयोग नहीं किया
जा सकता। इसे पुनः प्रकाशित कर विक्रय या किराए पर नहीं दिया जा
सकता तथा जिल्दबंद अथवा किसी भी अन्य रूप में पाठकों के
मध्य इसका परिचालन नहीं किया जा सकता। ये सभी शर्तें
पुस्तक के ख़रीददार पर भी लागू होंगी। इस संदर्भ में
सभी प्रकाशनाधिकार सुरक्षित हैं।

www.penguin.co.in

दो शब्द

मैंने यह उपन्यास आपातस्थिति के दौरान सेंट्रल जेल अम्बाला में लिखा था। गिरफ्तारी से कुछ दिन पहले मैंने अखबार में यह खबर पढ़ी थी :

'वे एक सुन्दर युवती, जिसकी आयु तेईस-चौबीस बरस है, सुबह-सवेरे मिरांडा हाउस के पास सड़क के किनारे बेहोश मिली।

मैं इस खबर को आधार बनाकर उपन्यास लिखने की सोच रहा था। जेल में इसके लिए काफी फुर्सत थी। मैंने एक कथानक बुना, उसके उपयुक्त पात्रों का निर्माण किया और उपन्यास लिख डालने का निश्चय कर लिया।

कोई भी घटना अनायास घटित नहीं होती और न वह एकाएकी होती है, उसका तत्कालीन समाज से गहरा सम्बन्ध होता है और वह किसी प्रवृत्ति विशेष की प्रतिनिधि होती है। इसलिए किसी घटना या खबर को आधार बनाकर उपन्यास लिखने का मतलब यह कदाचित् नहीं कि उसे नमक-मिर्च लगाकर पाठकों के लिए रोचक बना दिया जाए। लेखक का कर्तव्य पाठकों की रुचि का अनुसरण करना नहीं बल्कि उसे परिष्कृत करना है।

पाठक की रुचि तभी परिष्कृत होगी, जब उपन्यासकार उसकी चेतना के स्तर को ऊंचा उठाने का प्रयास करेगा। चेतना का स्तर ऊंचा उठाने का एकमात्र उपाय यह है कि वह कथानक और पात्रों के माध्यम से समाज का विश्लेषण प्रस्तुत करे और उस घटना के पीछे जो प्रवृत्ति काम कर रही है,

उसे भली भांति उजागर किया जाए। अगर वह प्रवृत्ति स्वस्थ और हितकर है तो पाठक के मन में उसके प्रति आस्था और अगर प्रवृत्ति रुग्ण और अहितकर है तो घृणा जगाई जाए।

मैं समझता हूं, साहित्य का उद्देश्य यही है और साहित्यकार इस उद्देश्य की पूर्ति तभी कर सकता है जब वह अपनी समाज प्रवक्ता होने की भूमिका भली भांति समझे और फिर इस भूमिका को ईमानदारी और दृढ़ता से निबाहे। साहित्य समाज का दर्पण भी तभी बनता है।

मैंने यह उपन्यास इसी उद्देश्य से लिखा है। निस्संदेह मैंने इसे पाठक के लिए रोचक बनाने का भी भरसक प्रयास किया है। लेकिन मुख्य प्रयोजन वर्तमान समाज का विश्लेषण करना और उसकी परस्पर विरोधी प्रवृत्तियों को उजागर करना है। समाज का अतीत होता है, परंपरा होती है, अतीत से वर्तमान और वर्तमान से भविष्य बनता है। अतीत और परंपरा को नकारने वाली प्रवृत्ति निस्संदेह रुग्ण और अहितकर है। भविष्य का मार्ग प्रशस्त करने वाली स्वस्थ प्रवृत्ति अवरुद्ध हो गई है। क्यों अवरुद्ध हो गई है? शायद पाठक को इस उपन्यास से यह बात भी समझने में मदद मिले।

—हंसराज रहबर

पता
नवीन शाहदरा,
दिल्ली-32

पंखहीन तितली

अर्थशास्त्री डा० त्यागराज ने अपनी अखरोट की सफेद छड़ी उठाई और वह टहलने के लिए कोठी से बाहर निकले। सड़क पर प्रभात का धुंधलका फैला हुआ था, हवा में ठंडक थी और नमी भी। पानी लगातार दो दिन बरसने के बाद रात के नौ-दस बजे थमा था। अब कहीं-कहीं बादलों के सफेद टुकड़े घर से रूठकर आए आवारा बालकों की तरह इधर-उधर मंडरा रहे थे, वर्ना आकाश स्वच्छ और निर्मल था। तारे दूर-दूर तक छिटके हुए थे, जो प्रभात हो जाने के कारण अपना वर्चस्व खो बैठे थे, और शनैः-शनैः मद्धिम पड़ते जा रहे थे।

डाक्टर साहब ने रात रेडियो पर सुना था कि जन से अब तक 60.6" वर्षा हो चुकी है और पिछले दस-बारह वर्ष में इतनी अधिक वर्षा कभी नहीं हुई। मनुष्य प्रकृति को समझने और उसपर विजय पाने का लाख प्रयत्न करे, पर वह अचानक अपना असाधारण रूप प्रकट करके उसके सारे अनुमान झुठला देती है। सितम्बर आधा बीत चुका था फिर भी पानी थमने में नहीं आ रहा था। बादल उमड़-घुमड़ आते थे और मूसलाधार मेंह बरसना शुरू हो जाता था।

कुछ वर्षा और कुछ बुढ़ापे के कारण डा० त्यागराज ने बिस्कुटी रंग का स्वेटर पहन रखा था और सिर पर समूरी टोपी थी। बराबर पानी बरसते रहने के कारण वह दो दिन कोठी से बाहर नहीं निकल पाए थे वर्ना इस अवस्था में भी जब तक सुबह-सवेरे दो-ढाई मील घूम नहीं आते थे, उन्हें चैन नहीं पड़ता था। कभी नागा हो जाए तो सारा दिन एक अभाव, एक रिक्तता-सी महसूस होती थी। दो दिन कमरे में बंद रहना पड़ा तो मन बहुत

सटपटाया और अब वह नियत समय से पंद्रह-बीस मिनट पहले ही घर से निकल पड़े थे।

रूपनगर से निकलकर मौरिस नगर होते हुए वह माल रोड पर पहुंच गए, तब भी अंधेरे और उजाले में आंखमिचौली हो रही थी। अभी तांगे, बसें इत्यादि चलना शुरू नहीं हुई थी और कोई आता-जाता व्यक्ति भी दिखाई नहीं पड़ रहा था। रास्ता उनका देखा-भाला था, वह अपने-आपमें खोए-खोए महज़ अभ्यास से चल रहे थे। मिरांडा हाउस से वह दस-बीस कदम आगे बढ़े होंगे कि पांव किसी चीज़ से टकराया और वह भौचक्के रह गए। जो कुछ देखा, उसपर उन्हें विश्वास नहीं हो रहा था।

युवती !

वह कुछ देर यों ही खड़े देखते रहे। फिर अपनी सुनहरी फ्रेम की ऐनक उतारी, उसे रूमाल से भली भांति साफ किया और दोबारा लगाकर गौर से देखा। उन्हें किसी प्रकार का धोखा नहीं हुआ था। शीशम के पेड़ तले एक सुन्दर युवती अचेत पड़ी थी।

वह उसपर झुके, सिर से पांव तक एक दृष्टि डाली और उसका अंग-प्रत्यंग बड़े ध्यान से देखा। ठोकर लगने के बाद भी वह हिली-डुली नहीं, जैसे पहले लेटी थी, उसी तरह अचेत लेटी रही।

'शायद कोई हत्या करके उसका शव यहां फेंक गया है।'

उन्होंने सोचा, फिर वह इस विचार पर टिक नहीं पाए क्योंकि उनकी अनुभवी आंख को मृत्यु की भयंकर परछाईं कहीं भी दिखाई नहीं पड़ रही थी। मृतक का शरीर काला पड़ जाता है और हाथ-पैर ऐंठ जाते हैं। वह जाने कब से वहां पड़ी थी, पर उसकी देह पर कोई भी ऐसा लक्षण नहीं था। चेहरे पर मुर्दनी के बजाय ताजगी थी और लम्बी घनी पलकें देखने से लगता था कि वह गहरी मीठी नींद सो रही है।

वह झुके-झुके युवती की सुन्दर सुडौल देह की ओर देखते रहे, देखते रहे और सोचते रहे। फिर वह अपनी हथेली उसकी नाक के पास ले गए। मालूम हुआ कि सांस चल रही है और सांस में गरमाहट है। अब संदेह की कोई गुंजाइश नहीं थी। वह निश्चित रूप से जीवित थी और किसी कारण बेहोश हो गई थी।

युवती ने गहरे हरे रंग का स्कर्ट और पूरी बांहों का काला टाप पहन रखा था और गले में स्कर्ट से मैच करती हुई हरे रंग की कंठी थी। देह मांसल और रंग एकदम गोरा था। शरीर पर न कहीं घाव और न किसी चोट का निशान।

'मामला क्या है ? वह यहां आई कैसे ? बेहोशी में तो आ नहीं सकती।' उनके लिए कुछ भी समझ पाना सम्भव नहीं था। वह कुछ क्षण शान्त और स्थिर खड़े देखते रहे। फिर सोचा, 'क्या मैं इसे यों ही लेटी छोड़ जाऊं ?'

डा० त्यागराज असमंजस में पड़ गए। करें तो क्या करें?

वह समाजसेवी व्यक्ति थे। दूसरे के दुःख को अपना दुःख समझना और यथाशक्ति सहायता करना उनका स्वभाव बन चुका था। एक असहाय शिक्षित युवती को इस दशा में छोड़कर आगे बढ़ जाना उनके लिए कदाचित् सम्भव नहीं था।

आखिर उन्होंने अपना कर्तव्य निश्चित किया और वह सड़क पार करके सामने वाली कोठी में चले गए। उसमें उनका परिचित रजवंतसिंह नाम का मजिस्ट्रेट रहता था। कोठी. में सन्नाटा छाया था। परिवार के सभी लोग सो रहे थे। वैसे भी उस दिन इतवार था; शायद इसलिए भी देर से उठने का प्रोग्राम हो।

सीसपाल नाम का चौकीदार बरामदे में बैठे-बैठे ऊघ गया था। उसने पदचाप सनी तो हड़बड़ाकर उठा। पल भर उनींदी आंखों से डा० त्यागराज की ओर देखता रहा और फिर उन्हें पहचानकर प्रणाम किया।

"साब को जगाऊं ?" उसने पूछा।

"नहीं, उन्हें सोने दो। मुझे जरा फोन करना है।"

सीसपाल डा० साहब को फोन वाले कमरे में ले गया। उन्होंने डायल घुमाया और अपनी कोठी का नम्बर मिलाया।

"हैलो !"

" ....."

"कौन, नरेंद्र ?"

"जी हां, मैं नरेंद्र हूं।"

बाप ने बेटे की और बेटे ने बाप की आवाज़ पहचान ली थी।

"मैं माल रोड पर मैजिस्ट्रेट रजवंतसिंह कोठी के सामने खड़ा हूं, तुम कार लेकर चटपट वहां पहुंच जाओ।"

"क्या बात है ?" नरेंद्र ने घबराहट और चिता के मिले-जुले स्वर में पूछा।

"बात तुम्हें यहीं आकर मालूम हो जाएगी। जल्दी करो।" डा० त्यागराज ने रिसीवर रखा और बाहर निकल आए।

सीसपाल भी उत्सुकता और आश्चर्य में भरा डा० त्यागराज के पीछे-पीछे चला आया था। वे दोनों युवती से तनिक हटकर पेड़ के नीचे खड़े थे और सड़क अब भी सुनसान थी।

नरेंद्र कार लेकर दस-बारह मिनट में घटनास्थल पर पहुंच गया। वह कुछ क्षण आश्चर्यचकित-सा अचेत पड़ी युवती की ओर देखता रहा।

"यहां यह कैसे आई ?"

"कौन जाने !"

"मुर्दा है या बेहोश ?"

"बेहोश।" डा० त्यागराज ने उत्तर दिया और कहा, "मैने देख लिया हैं, सांस इसकी चल रही है।"

कुछ क्षण मौन के बीते। बाप ने बेटे और बेटे ने बाप की ओर देखा।

"मैं समझता हूं कि हम इसे अस्पताल ले जाकर इमर्जेंसी वार्ड में भर्ती करा दें।"

"कहीं चोट-वोट तो है नहीं। अस्पताल में जाकर क्या करेंगे?" नरेंद्र ने युवती की ओर देखते हुए उत्तर दिया।

"तो ?"

"कोठी पर ले चलते हैं। वहां से भद्रसेन को फोन कर देंगे। वह आकर देख लेगा।"

"ठीक है। देख-जांच कर, वह जैसा कहेगा, बाद में वैसा कर लेंगे।"

सीसपाल और नरेंद्र ने युवती को उठाकर पीछे वाली सीट पर लिटा दिया। बाप और बेटा दोनों आगे बैठे और कार चल दी।

उजाला हो चला था; पर सड़क अब भी निर्जन थी। सिर्फ एक सीस--पाल ने कार को मोड़ पर घूमते देखा।

2

डा० त्यागराज देश के एक प्रसिद्ध अर्थशास्त्री थे। आठ-दस वर्ष तक राष्ट्रीय योजना आयोग के सदस्य रहकर अवकाश प्राप्त किया था। आयु तो उनकी छियासठ-सड़सठ बरस थी , पर वह अब भी सक्रिय जीवन बिता रहे थे। नाक चपटी, मुखमुद्रा चिंतनशील और सिर पर घने सफेद बाल थे। देश की आर्थिक समस्याओं पर अखबारों में उनके लेख अक्सर छपते रहते थे, रेडियो और टेलीविजन पर भी बोलने जाते थे। इसके अलावा वह अखिल भारतीय शान्ति परिषद् की कार्यकारिणी के एक प्रमुख सदस्य और भारत-रूस मैत्री संघ की दिल्ली शाखा के अध्यक्ष थे। 1962 के सीमा–संघर्ष से पहले जब भारत और चीन के आपसी संबंध अच्छे थे, तब वह अखिल भारत-चीन मैत्री संघ के भी उपाध्यक्ष थे। कई मर्तबा विदेश घूम आए थे और वह राजनीतिक सूझ-बूझ रखने वाले वामपक्षी विचारों के प्रसिद्ध बुद्धिजीवी थे।

उनकी पत्नी सुभद्रा की आयु इस समय साठ बरस के करीब थी। वह भी जनकल्याण में रुचि लेने वाली सुशिक्षित महिला थीं, और प्रत्येक कार्य में डाक्टर साहब का हाथ बटाती थीं। जनेंद्र और नरेंद्र उनकी दो संतानें थीं। बड़ा बेटा जनेंद्र शिक्षा समाप्त करने ही कनाडा चला गया था और लगता था कि वह अब स्थायी रूप से वहीं बस गया है। घर पर पति-पत्नी, नरेंद्र और पानसिंह नाम का एक पहाड़ी नौकर था।

जब बाप-बेटा घर पहुंचे तो सुभद्रा पानसिंह के साथ फाटक पर खड़ी उनकी राह देख रही थीं। जब से डाक्टर साहब का फोन आया था, वह मन में

बड़ी चिंतित थीं और सोच रही थीं कि ऐसी क्या घटना घट गई जो तुरन्त कार लेकर आने को कहा है। सैर को तो वह हर रोज जाते थे, मगर पहले कभी ऐसा नहीं हुआ था।

कार भीतर आई और डाक्टर त्यागराज दरवाजा खोलकर बाहर निकले तो उन्हें सकुशल देखकर सुभद्रा ने इत्मीनान की सांस ली पर दूसरे ही क्षण एक रूपवती आधुनिक युवती को गाड़ी में पड़ी देखा तो वह दंग रह गईं। कुछ देर उनके मुंह से एक शब्द तक नहीं निकला,वह विमूढ़सी देखती ही रहीं—कभी पति और बेटे को, कभी उस युवती को।

"यह क्या है ?"

"लडकी।"

"वह तो मैं भी देख रही हैं, परन्तु..."

"सुना नहीं, भगवान जब देने पर आता है तो छप्पर फाड़कर देता है। तुम कितना चाहती थीं कि घर में एक लड़की होती तो कैसा अच्छा रहता। तुम्हारी यह चिरकामना पूरी हुई। तुम्हें पालने-पोसने का भी झंझट नहीं करना पड़ा और भगवान ने यह जवान बेटो भेज दी।"

डा० त्यागराज विनोदी जीव थे। उन्होंने हास-परिहास की मुद्रा में अपनी बात कही और वह पत्नी की ओर देखकर मुस्कराए।

नरेंद्र और पानसिंह ने युवती को कार में से उतारा और बड़ी सावधानी से उठाए-उठाए वे उसे भीतर ले चले।

"क्या यह जीवित है ?" सुभद्रा ने पूछा।

"हां, जीवित है।" डाक्टर साहब ने उत्तर दिया।

सोने के कमरे में ले जाकर युवती को पलंग पर लिटा दिया गया। वह पहले ही की तरह बेसुध और निश्चल थी। आंखें बंद और मुखमुद्रा शान्त थी। गीली धरती पर पड़े रहने के कारण स्कर्ट और टाप सील गई थीं; पर उन्हें यों ही रहने दिया गया। बेहोशी की इस अवस्था में कपड़े बदल देना सम्भव नहीं था।

भद्रसेन उनका एक सम्बन्धी डाक्टर था। वह करीब ही शक्तिनगर में रहता था। उसके पास अपनी कार थी और जब भी जरूरत पड़ती थी, वह उसे बुलवा लेते थे यानी वह उनका फैमिली डाक्टर था। नरेंद्र ने उसे फोन

किया तो वह स्टेथेस्कोप और दवाओं का बक्स लेकर कोई आध घंटे में वहां आ पहुंचा।

भद्रसेन की उम्र चालीस-बयालीस बरस थी। कद मझोला, रंग गोरा, शरीर स्वस्थ-सुडौल और चेहरा गोल-मटोल था। वह युवती की रूप-छटा देखकर ठगा-सा रह गया। उसे स्कूल में पढ़ी 'स्लीपिंग ब्यूटी' (निद्रामग्न सौंदर्य) कहानी स्मरण हो आई। धनुषाकार पतली भवें, लम्बी घनी पलकें, सुतवां नाक, गुलाब की पंखुड़ियों-से नाजुकहोंठ और अंग-प्रत्यंग में मादकता भरी थी। डाक्टरी क्लास में कई लड़कियां उसके साथ पढ़ती थीं, एक से एक सुन्दर, चंचल और नटखट। यों भी अभिजात वर्ग के परिवारों, ब्याहशादी और पार्टियों में जाने कितनी रमणियां और कितनी महिलाएं संपर्क में आई थीं, पर यह रूप अद्वितीय था। गले की हरी कंठी उसे और भी आकर्षक बना रही थी, जैसे कामदेव की स्त्री रति मार्ग भूलकर अथवा अभिशापित होकर धरती पर उतर आई हो।

"डाक्टर महोदय, क्या सोच रहे हो ?" नरेंद्र ने उसे खोया-खोया-सा देखकर चुटकी ली।

"मैं सोच रहा हूं," भद्रसेन ने एक क्षण रुककर उत्तर दिया, "ऋषियों का तप-भंग होने की कहानियां झूठी नहीं हैं।"

नरेंद्र ने मूक दृष्टि से भद्रसेन की ओर देखा और अपने भीतर एक झुरझुरी-सी महसूस की। नारी-सौंदर्य के प्रति उसने जो एक प्रकार का उपेक्षा भाव अपना रखा था, वह इस अनुपम रूप की धूप से बर्फ के सदृश स्वतः पिघल चला।

भद्रसेन और नरेंद्र पलंग के दायें-बायें आमने-सामने खड़े थे। दोनों की दृष्टि बेसुध युवती पर केंद्रित थी। वे आत्मविदग्ध से देख रहे थे कि उसके मुख पर एक रंग आ रहा है और एक जा रहा है। शायद वह कोई मधुर स्वप्न देख रही थी। इस स्वप्निल अवस्था का चित्र अगर कि सीने ले लिया होता तो उसकी गणना विश्व की उत्कृष्ट कला-कृतियों में होती।

भद्रसेन भूल गया था कि उसे युवती को निहारने के लिए नहीं बल्कि उसका निरीक्षण करने के लिए बुलाया गया है। नरेंद्र ने भी उसे यह आभास नहीं कराया क्योंकि वह खुद भी एकटक युवती की ओर देख रहा था।

सहसा त्यागराज और सुभद्रा ने कमरे में प्रवेश किया तब वे दोनों सतर्क हुए। भद्रसेन ने स्टेथेस्कोप संभाला और वह रोगिणी की जांच करने लगा। हृदय की गति बिलकुल ठीक थी। नब्ज पर हाथ रखा तो मालूम हुआ कि वह भी ठीक चल रही है। घने काले बाल हटाकर सिर का निरीक्षण किया और कनपटियों को टटोला, सभी कुछ ठीक-ठाक था। बीमारी का कोई चिह्न, कोई लक्षण नहीं था और न कहीं परोक्ष-अपरोक्ष चोट आई थी।

"नींद की बेहोशी है। कुछ देर सो लेने के बाद अपने-आप ही टूट जाएगी।" भद्रसेन ने अपना निष्कर्ष घोषित किया।

"अस्पताल ले जाएं कि नहीं?" डा० त्यागराज ने पूछा।

"घंटे-दो घंटे देखिए। मेरा खयाल है कि वह होश में आ जाएगी। न आए तो मुझे फिर फोन कीजिएगा।" भद्रसेन ने उत्तर दिया।

वे कभी एक-दूसरे को और कभी युवती को देख रहे थे। स्थिति बड़ी विचित्र थी।

"पर इस नींद का कारण क्या है और वह इस अवस्था में सड़क पर आई कैसे ?"

"यह सब तो वही बता सकेगी।" भद्रसेन ने अपना सामान संभाला और बक्सा बंद किया। "अच्छा, आज्ञा दीजिए, मैं अब चलूं।"

"ऐसी क्या जल्दी है ! तुम मेरे साथ नाश्ता लोगे।" नरेंद्र बोला और उसने भद्रसेन से बक्सा लेकर अलग रख दिया।

नरेंद्र के बड़े भाई जनेंद्र का ब्याह भद्रसेन की बहन से हुआ था, जो उससे सात-आठ बरस छोटी थी और वह भी पति के पास कनाडा चली गई थी। वैसे भी उनमें दो पीढ़ी से पारिवारिक संबंध थे, जो इस विवाह से और भी घनिष्ठ हो गए थे। नरेंद्र और भद्र सेन में इस संबंध ने मित्रता का रूप ले लिया था।

डा० त्यागराज सैर से लौटने के बाद बोर्नवीटा के साथ दूध लिया करते थे, जो वह ले चुके थे। इसलिए नरेंद्र और भद्रसेन ही नाश्ता लेने बैठ गए।

"अब बताओ, इस बेहोशी का कारण क्या है ?" नरेंद्र बोला। वह दरअसल भद्रसेन से अकेले में बात करना चाहता था।

"कह तो दिया, मुझे मालूम नहीं।" भद्रसेन ने उत्तर दिया और निगाहें नरेंद्र के चेहरे पर गड़ा दीं।

"मालूम नहीं। तुम कैसे डाक्टर हो ?"

'क्या तुम मुझे डाक्टर के अलावा ज्योतिषी भी समझते हो?"

"इतनी गहरी नींद कोई चीज खाने ही से आई होगी। उसका पता लगाना ज्योतिषी का नहीं, डाक्टर का काम है।"

"यह पोस्टमार्टम द्वारा ही संभव है। क्या तुम चाहते हो कि उसका पोस्टमार्टम किया जाए?" भद्रसेन कनखियों से नरेंद्र की ओर देखते हुए मुस्कराया।

पानसिंह आकर आमलेट, टोस्ट और मक्खन रख गया। नरेंद्र ने एक प्लेट भद्रसेन की ओर सरका दी और एक अपने आगे रख ली। दोनों ने नाश्ता लेना शुरू किया।

"कुछ अनुमान ही से बताओ।" नरेंद्र फिर बोला।

"अनुमान से मनुष्य भ्रम में पड़ सकता है। भ्रम पैदा करना डाक्टर का कर्तव्य नहीं है।"

भद्रसेन ने स्लाइस पर मक्खन लगाते हुए उत्तर दिया और वह सामने कार्निस पर रखे हुए चित्र की ओर देखने लगा। बर्फ ही बर्फ और ऊपर नीला—एकदम नीला विस्तृत आकाश।

"क्या यह कश्मीर का दृश्य है ?"

"नहीं। पिताजी यह चित्र रूस से लाए थे।"

"प्रकृति का अपना ही आकर्षण है, जिसका जवाब नहीं।"

भद्रसेन ने कहा और वह कुछ क्षण मौन दृष्टि से चित्र की ओर देखता रहा। फिर उसने जो बात शुरू की, वह कश्मीर, नैनीताल, डल्होजी और शिमला के पहाड़ी दृश्यों से संबंधित थी। इसके बाद नाश्ते में जो समय बीता, उसमें नरेंद्र भद्रसेन के साथ पहाड़ों ही की सैर करता रहा। जब वह उठकर चला तब भी युवती के बारे में कोई चर्चा नहीं हुई। भद्रसेन का मूड पहचानकर नरेंद्र ने भी इस बारे में चुप ही रहना उचित समझा।

3

युवती की बेहोशी उसी समय टूट गई थी, जब डाक्टर भद्रसेन स्टेथेस्कोप लगाकर उसका निरीक्षण कर रहा था। फिर भी वह आंखें बंद किए निश्चल और स्थिर लेटी रही। पहले वह वाकई बेहोश थी और उसके बाद बेहोश होने का अभिनय करती रही। नाश्ते के दौरान नरेंद्र और भद्रसेन में जो बातें हुईं, कमरा नज़दीक होने के कारण उनकी भनक उसके कानों में बराबर पड़ती रही थी। भद्रसेन का यह वाक्य कि 'अनुमान से मनुष्य भ्रम में पड़ सकता है', उसने स्पष्ट सुना था।

उसने जब अपने-आपको कमरे में अकेले पाया तो आंखें खोल दीं और इधर-उधर निगाहें दौड़ाकर हर एक चीज़ का जायज़ा लिया और इसीसे परिवार की हैसियत का अंदाजा लगाया।

अजनबी लोग, अजनबी स्थान ! इस नई परिस्थिति में उसे क्या भूमिका अदा करनी होगी, वह मन ही मन सोचती रही और देखती रही।

युवती की आयु तेईस-चौबीस बरस थी। इस थोड़ी-सी आयु में वह अब तक कितने ही प्रयोग कर चुकी थी और उन प्रयोगों में उसने विभिन्न भूमिकाएं अदा की थीं। जीवन उसके लिए सतत प्रयोग था और संसार एक प्रयोगशाला। इस नई परिस्थिति में अचानक आ पड़ना भी तो एक प्रयोग था—अद्भुत और दिलचस्प प्रयोग। देखना यह था कि इस नई परिस्थिति में उसकी भूमिका क्या होगी और वह उसे कैसे निबाह पाती है। उसके लिए यह परीक्षा की घड़ी थी। मज़ा तब है जब उसकी भूमिका भी उतनी ही अद्भुत और दिलचस्प हो जितना यह नया प्रयोग जान पड़ता

है। वह अपनी भूमिका जितनी कुशलतापूर्वक निबाह पाएगी और उसका अभिनय जितना सफल रहेगा, वह उसके सम्पूर्ण नारी होने का उतना ही बड़ा प्रमाण होगा...

'सम्पूर्ण नारी ! सम्पूर्ण नारी !'

युवती ने सस्वर कहा और वह इन दो शब्दों को ध्वनित-प्रतिध्वनित होते सुनकर मुग्ध होती रही, जैसे वे तानसेन अथवा बीथोवन द्वारा गाए गए संगीत के मधुर बोल हों। उसके जी में आई कि वह खिलखिलाकर हंसे और अजनबी स्थान को अट्टहास से भर दे। लेकिन परिस्थिति की गम्भीरता को सम्मुख रखते हुए उसने हंसी को अपने भीतर ही दबा लिया। दबा लेने से वह मुस्कान—विद्रुप-भरी विलक्षण मुस्कान में बदल गई।

युवती ने आंखें दोबारा बंद कर ली और वह फिर से यों निश्चल और स्थिर लेट गई कि अगर कोई व्यक्ति भीतर आकर देखे तो वह यही समझे कि उसकी नींद अभी नहीं टूटी, वह पूर्ववत् बेहोश पड़ी है। कुछ देर योंही आंखें बंद किए वह लेटी रही और सोचती रही। फिर वह अकस्मात उठ बैठी। आंखें पूरी खोल दी और अपने लम्बे-लम्बे स्याह बालों को कंधों पर से पीछे झटककर वातावरण में यह चुनौती फेंकी :

'मैं तुम लोगों को ऐसा भ्रम में डालूंगी कि तुम्हारे लिए उसका अनुमान तक लगाना सम्भव नहीं होगा।'

इसी समय सुभद्रा ने कमरे में प्रवेश किया। उन्होंने युवती को बैठे देखा और उसे बोलते भी सुना, पर वह यह न समझ पाईं कि उसने कहा क्या है।

"बेटी, तुम जाग गईं? तुम्हारा जी अब कैसा है?" सुभद्रा ने सस्नेह पूछा।

"ठीक है।" युवती ने चट पलंग से उतरकर हाथ जोड़े और सविनय प्रणाम किया।

सुभद्रा का कद लम्बा और शरीर दुबला था। उन्होंने नीले बार्डर की सूती साड़ी पहन रखी थी। उनके एक हाथ में सोने की दो चूड़ियां और दूसरे में घड़ी बंधी थी। सिर के बाल खिचड़ी नहीं, बल्कि अधिकांश सफेद और

कहीं-कहीं काले थे, गाल कुछ पिचक गए थे और चेहरे की रंगत ताम्बे जैसी थी।

"जिओ बेटी, जिओ।" सुभद्रा ने आशीर्वाद देते हुए युवती को छाती से लगा लिया। "अभी डाक्टर आया था। उसने देखकर बताया कि तुम गहरी नींद में हो और नींद थोड़ी देर में टूट जाएगी। फिर भी हमें बड़ी चिंता थी।"

जब देखा कि सुभद्रा युवती से बातें कर रही हैं तो डा० त्यागराज, नरेंद्र और पानसिंह भी भीतर चले आए। युवती ने जिस प्रकार सुभद्रा की अभ्यर्थना की थी, उसी प्रकार अब डा० त्यागराज को और नरेंद्र को नमस्कार किया।

"बेटी, तुम्हारा नाम क्या है ?" डाक्टर साहब ने उसे आशीर्वाद देते हुए पूछा।

"नाम !" युवती सकुचा गई और आंखें झुकाकर बोली, "मुझे याद नहीं।"

"अचरज है कि अपना नाम भी याद नहीं!"

"नाम क्या, मुझे कुछ भी तो याद नहीं।" युवती ने माथे पर हाथ रखकर खेद और विवशता व्यक्त की और फिर इधर-उधर दृष्टि घुमाकर कातर स्वर में बोली, "हे भगवान, मुझे क्या हुआ है ! न कुछ याद है और न कुछ समझ में आ रहा है। कृपया आप लोग ही बताएं, मैं कहां हूं और यहां कैसे आई ?"

चारों व्यक्ति विस्मय और कौतूहल में भरे युवती को देखने लगे। किसी के मुख से एक शब्द तक नहीं निकला। वे उसकी ओर देखते ही रहे क्योंकि होश में आने के बाद भी वह एक ऐसी पहेली बनी हुई थी, जिसे बूझ पाना कठिन था।

"शायद यह अपनी स्मृति खो बैठी है।" नरेंद्र ने पिता की ओर देखते हुए अंग्रेजी में कहा।

"ऐसा सम्भव है।" उन्होंने भी अंग्रेजी में उत्तर दिया और तनिक रुककर आगे कहा, "ऐसा अक्सर हो जाता है। इस प्रकार की घटनाएं पहले भी देखने-सुनने में आई हैं।"

युवती हथेलियां कनपटियों पर रखे उन्हें दबा रही थी।

"क्यों बेटी, क्या सिर में दर्द है ?" सुभद्रा ने उसके निकट जाकर ममता-भरे स्वर में पूछा।

"मां जी, दर्द तो नहीं, पर मैं हैरान हूं कि यह सब है क्या ? मुझे कुछ भी तो याद नहीं आ रहा।"

"घबराओ मत। यह तुम्हारा अपना घर है। सम्भव है, दो-चार दिन में तुम्हारी स्मृति लौट आए। तब तक निश्चिंत होकर यहीं रहो।" सुभद्रा ने उसे सांत्वना दी और फिर हाथ पकड़कर बोलीं, "चलो, नहा-धोकर पहले कपड़े बदल लो और फिर कुछ खा-पी लो।"

युवती ने अपने कपड़ों पर नजर डाली। वे सीले और सिकुड़े हुए थे और शरीर पर कीचड़ लगी थी।

"ओह, मैं कितनी गंदी हूं !" युवती ने भी अंग्रेजी में कहा और फिर आंखों में आर्द्रता भरकर पूछा, "बताइए तो सही, मेरी यह दशा कैसे हुई और यहां मैं कैसे पहुंची ?"

"आप माल रोड पर एक पेड़ के नीचे बेहोश पड़ी थीं।" नरेंद्र ने उत्तर दिया।

"माल रोड पर?"

"हां, माल रोड पर। पिताजी सुबह सैर को जाते हैं। उनकी नज़र आपपर पड़ गई और हम लोग यहां उठा लाए।"

"बहुत-बहुत धन्यवाद। आप लोग ले आए तो मैं बच गई वर्ना शायद वहीं पड़े-पड़े प्राण निकल जाते, चील-कौवे नोच डालते।" युवती ने एक झुरझुरी-सी ली और मृत्यु के कल्पित भय से उसकी आंखें फैल गईं। "पर मैं वहां आई कैसे ?"

"यह वह बात है जो हम खुद आपसे जानना चाहते हैं।"

युवती और नरेंद्र की आंखें चार हुईं और फिर तुरंत झुक गईं।

"अजीब पहेली है जिसे न मैं बूझ सकती हूं और न आप लोग बूझने में समर्थ हैं।" युवती की गर्दन झुकी हुई थी। वाक्य समाप्त करके वह दांतों से अंगुली का नाखून काटने लगी।

"बेटी, जिस पहेली को न तुम बूझ सको और न हम बूझ सकें, उसे

लेकर सोचना-पछताना व्यर्थ है। सच तो यह है कि मनुष्य का जीवन ही एक पहेली है जिसे वह इतना यत्न करने के बावजूद आज तक समझ नहीं पाया।" डा० त्यागराज ने एक-एक शब्द पर बल देकर धीरे-धीरे कहा।

सुभद्रा मुस्कराई, नरेंद्र और युवती भी मुस्कराए। लेकिन पानसिंह विस्मय-विमूढ़-सा देखता-सुनता रहा। उससे न मुस्कराते बनता था और न कुछ कहते बनता था।

"इस पहेली को ऐसे ही रहने दो। तुम उठो और चलकर नहाओ-धोओ।"

सुभद्रा ने युवती को बांह से पकड़ा और उसे अपने साथ भीतर ले चलीं।

4

डा० त्यागराज ने आज काफी दौड़-धूप की थी, अब वह थकान महसूस कर रहे थे; इसलिए अपने कमरे में आराम करने चले गए थे। नरेंद्र ने फोन का रिसीवर उठाकर डायल घुमाया और जब नम्बर मिल गया तो दूसरी तरफ से आवाज आई :

"कहिए, मैं भद्रसेन बोल रहा हूं।"

"और इधर मैं नरेंद्र हूं।"

"अच्छा, अच्छा ! क्या युवती की नींद टूटी ?"

"नींद तो टूट गई, पर एक दूसरी समस्या उठ खड़ी हुई, जो पहली से भी अधिक विकट है।"

"समस्या क्या है ?"

"समस्या बहुत गम्भीर है। मुझे तुमसे उसीपर बात करनी है।" यह बताओ कि तुम्हें आने की फुरसत है ?"

"फुरसत तो खैर है, क्योंकि इतवार को क्लिनिक में छुट्टी रहती है। मैं सिर्फ खास-खास रोगियों को देखने आता हूं और इस समय उन्हींको देख रहा हूं।"

"कितने बाकी हैं ?"

"एक मिनट रुको, अभी बताता हूं।"

नरेंद्र ने रिसीवर कान से हटा लिया और वह अनमना-सा अंगुलियों के नाखून देखने-टटोलने लगा। उसके होंठ भिंचे और फिर सामान्य स्थिति पर आ गए। रिसीवर दोबारा कान से लगाया तो कुछेक सेकंड बाद भद्रसेन की

आवाज़ सुनाई पड़ी।;

"सिर्फ तीन मरीज़ देखने बाकी हैं। उन्हें निपटाकर मैं अभी आ रहा हूं।"

"कितनी देर में ?"

"देर...देर कुछ नहीं, ज़्यादा से ज़्यादा आधा घंटा।"

नरेंद्र ने रोबिंस का 'स्कैंडल' उपन्यास उठाया और उसे पढ़ने के खयाल से वह सोफे में धंस गया। उपन्यास उसे पसन्द था क्योंकि उसमें एक के बाद एक रोचक स्कैंडल का वर्णन था। वह इसे आधे के करीब पढ़ चुका था और सोचा था कि आज छुट्टी का दिन है, फुरसत रहेगी और वह इसे समाप्त कर लेगा। इसलिए जहां छोड़ा था, वहीं से आगे पढ़ना शुरू किया। चार-पांच पंक्तियां पढ़ गया; पर कुछ भी उसकी समझ में नहीं आया। शब्द निरर्थक जान पड़ते थे, उनमें कोई सम्बन्ध, कोई तारतम्य नहीं था और पीछे जो पढ़ा था वह भी स्मृति-पट से उतर गया था। पुस्तक बंद करके वह सामने दीवार की ओर ताकने लगा। लेकिन निगाहें खाली-खाली थीं। उसे न कुछ दिखाई पड़ रहा था और न कुछ सूझ रहा था। वह नितांत अंतर्मुखी था। सुबह की घटना उसके मन-मस्तिष्क पर छाई हुई थी और हरी कंठी वाली उस युवती की आकृति उसकी दृष्टि में तैर रही थी। यह आकृति जितनी सुंदर और आकर्षक थी, उतनी ही निरीह और भोली भी थी। नरेंद्र के मन में एक आशंका मंडरा रही थी और वह न चाहते हुए भी सोच रहा था, 'संभव है, इस निरीहता और भोलेपन में भी कोई स्कैंडल छिपा हो।' पर अनुपम सौन्दर्य में स्कैंडल संघना भी तो उचित नहीं था। किसी व्यक्ति पर अकारण संदेह करने और उसे दोषी ठहराने के लिए उसका अपना मन तैयार नहीं था। यह उसका अनुमान ही तो है और अनुमान जैसाकि भद्रसेन ने कहा था, उसे भ्रम में डाल सकता है। भ्रम के आधार पर कुछ भी तय करना उचित नहीं था। लेकिन आशंका लौट-लौटकर उसके मन में आ रही थी और वह उसे अपने से दूर रखने का भरसक प्रयास कर रहा था। स्कैंडल पढ़ते-पढ़ते उसे हर तरफ स्कैंडल दिखाई दे रहा था। यह उसने पहली बार जाना। एक तरफ भ्रम और संदेह और दूसरी तरफ न्याय और औचित्य। उसके भीतर द्वंद्व—भयंकर द्वंद्व उठ

खड़ा हुआ था और वह कुछ भी निर्णय नहीं कर पा रहा था।

"पहेली !" स्कैंडल सम्बन्धी विचार को झटकने के लिए जो एक प्रकार से बिच्छू बन गया था, वह सस्वर चिल्लाया।

कमरे में कोई दूसरा व्यक्ति नहीं था। वह अपने इस उच्चारण पर चौंका और 'पहेली' शब्द को ध्वनित-प्रतिध्वनित होते हुए सुनने लगा... कई क्षण स्थिर बैठा सुनता रहा और अपनी मन:स्थिति पर विचार करता रहा।

"पहेली है तो इसे समझना होगा।"

वह पुस्तक सोफे पर पटककर उठ खडा हआ और बरामदे में आकर तेज़-तेज़ कदमों से टहलने लगा। उसके भीतर आंधी चल रही थी और वह इधर से उधर घूम रहा था। आखिर जब आंधी थमी तो वह भी सहसा रुका और गमलों में उगे फूलों की ओर देखने लगा, जिनमें कैक्टस के अलावा सफेद लिली भी थी।

गाड़ी का हार्न सुनाई पड़ा। नरेंद्र ने लपककर फाटक खोला। भद्रसेन की कार भीतर आई और फिर वे दोनों हाथ में हाथ डाले ड्राइंगरूम में जा बैठे।

"अब बताओ, नई समस्या क्या आ पड़ी है ?" भद्रसेन ने बांहें फैलाकर सिर सोफे की पुश्त पर टेक दिया।

"समस्या यह है," नरेंद्र रुका और वह जो उपन्यास पटक गया था, उसके पृष्ठ पलटते हुए बात जारी रखी, "होश में आने के बाद युवती कह रही है कि अपने पिछले जीवन की उसे कोई भी बात याद नहीं है।"

"क्या मतलब ?"

"मतलब यह कि उसे अपना नाम तक मालूम नहीं।"

"सच ?"

"और क्या मैं ग़लत कह रहा हूं?"

भद्रसेन सकते में आ गया। वह चुप बैठा सोचने लगा—सोचता रहा और फिर सामने दीवार पर लगे एक चित्र की ओर देखते हए धीरे-धीरे यों बोला, जैसे वह खुद अपने-आपसे सम्बोधित हो :

"यानी वह अपनी स्मृति खो बैठी है !"

"हां, वह कह तो यही रही है।" नरेंद्र ने उत्तर दिया और बात जारी रखी, "उसे यह भी मालूम नहीं कि वह सड़क पर कब और कैसे आई।"

"उसकी यह बात तो यों सही हो सकती है कि कोई उसे बेहोशी की हालत में सड़क पर फेंक गया हो और जब बेहोशी टूटी तो वह तुम्हारे पास कोठी में थी। उसे क्या मालूम कि वह वहां कब और कैसे आई।" भद्रसेन अब भी दीवार पर लगे चित्र की ओर देख रहा था।

"मेरा विचार कुछ और है।"

"क्या ?"

नरेंद्र ने 'स्कैंडल' उपन्यास हवा में उछाला और गेंद की तरह लपक लिया। कुछ क्षण बाद अपने को स्थिर और संतुलित करके बात शुरू की:

"आजकल के इन लड़के-लड़कियों में मेंड्रिक्स, एल०एस० डी०, मार्फिया और मारिजुआना जैसे मादक पदार्थों का बहुत चलन है।"

"वह तो है।" भद्रसेन ने सिर हिलाकर हामी भरी। लेकिन फिर यह भूलकर कि बात किस संदर्भ में हो रही है, उसने अपनी व्याख्या शुरू कर दी, "पर उनका शरीर पर अलग-अलग प्रभाव होता है। जैसे मार्फिया का इंजेक्शन लेने से मनुष्य की ऐसी अवस्था हो जाती है कि शरीर पर चोट करें, चुटकी काटें तो कुछ भी महसूस नहीं होता। और मेंड्रिक्स खाने से नींद खूब आती है, ऐसी गहरी नींद जो दो-दो, तीन-तीन दिन तक नहीं टूटती।"

"क्या ताज्जुब है कि इस युवती ने भी मेंड्रिक्स की गोलियां खाई हों और वह उन्हींसे बेहोश हुई हो !"

नरेंद्र ने भद्रसेन को बीच ही में टोक दिया वर्ना मादक पदार्थों पर वह अपनी व्याख्या जाने कब तक जारी रखता और असल समस्या ध्यान ही से उतर जाती।

"हो सकता है, वह मैंड्रिक्स ही से बेहोश हुई हो।" भद्रसेन ने समर्थन किया, लेकिन आगे कहा, "पर स्मृति खो जाने का कारण फिर भी समझ में नहीं आता। इसका मेंड्रिक्स से कोई सम्बन्ध नहीं।"

"मैं समझता हूं कि स्मृति खो देने का बहाना बनाकर वह हमें बना रही

है।" नरेंद्र ने पहलू बदलते हुए वह शंका व्यक्त की जो उसे बड़ी देर से परेशान कर रही थी।

भद्रसेन विचारमग्न हो गया। वह एक पल चुप रहा और फिर होंठों को गोलाकार बनाकर बोला:

"मकसद ?"

"खिलवाड़-तफरीह। मकसद और क्या होगा ! इन अल्ट्रा माडर्न लड़के-लड़कियों के लिए पूरा जीवन ही खिलवाड़ और तफरीह है।"

नरेंद्र ने अपनी बात इस ढंग से कही कि भद्रसेन खिलखिलाकर हंस पड़ा और नरेंद्र भी मुस्कराया।

'टनन-टनन !'

फोन की घंटी हुई। नरेंद्र ने लपककर रिसीवर उठाया। मालूम हुआ कि नागपुर से कोई अर्थशास्त्री दिल्ली आया हुआ है और वह डा० त्यागराज से भेंट का समय चाहता है। नरेंद्र ने उसे बता दिया कि इस समय डाक्टर साहब आराम कर रहे हैं, वह कोई आध घंटे बाद दोबारा फोन करें।

"देखो नरेंद्र ! मेरा एक सिद्धांत है।" वह जब लौट आया तो भद्रसेन ने बात शुरू की,"और सिद्धांत यह है कि सौ के सौ व्यक्तियों पर अविश्वास करने के बजाय किन्हीं दस से धोखा खा लेना कहीं अच्छा है।"

"धोखा तो खैर वह क्या देगी? मैंने तो यों ही अपना..."

'अनुमान' शब्द नरेंद्र के गले में अटक गया क्योंकि भद्रसेन ने पहले ही कहा था कि अनुमान से मनुष्य भ्रम में पड़ सकता है।

"दूसरी बात।" भद्रसेन फिर बोला, "मैं जब मधु देखता हूं तो सौंदर्य की कल्पना करता हूं और जब सौन्दर्य देखता हूं तो मधु की। मधु का यह गुण है कि वह कभी सड़ता नहीं; बल्कि दूसरी चीज़ों को सड़ने से रोकता है। आयुर्वेद वाले मधु के इस गुण को जानते हैं और उसका प्रयोग करते हैं। अब ऐलोपैथी वाले मधु की जगह अलकोहल इस्तेमाल करते हैं।"

"डाक्टर महोदय ! मधु और अलकोहल में जो अंतर है, ज़रा उसकी भी कल्पना कीजिए।"

इस बार नरेंद्र खिलखिलाकर हंसा और भद्रसेन मुस्कराया। भाव यह

था कि आज सौंदर्य भी मधु न रहकर अलकोहल बन गया है।

डा० त्यागराज आराम कर चुके थे। एक दरवाजे से उन्होंने और दूसरे दरवाजे से सुभद्रा ने ड्राइंगरूम में एकसाथ प्रवेश किया। सुभद्रा के साथ युवती भी थी। उसने अब सफेद साड़ी और सफेद ब्लाउज पहन रखा था और गले की हरी कंठी उतार दी थी। सफेद परिधान में उसका रूप ही बदल गया था। वह अब अत्याधुनिक चंचल युवती नहीं, सुशीललजीली भारतीय कन्या थी।

"आप डाक्टर भद्रसेन हैं। सुबह जब तुम बेहोश पड़ी थीं तो इन्हींको बुलाया गया था। आप हमारे संबंधी भी हैं।"

नरेंद्र ने परिचय दिया और युवती ने भद्रसेन को सविनय प्रणाम किया।

"नलिनी की साड़ी-जम्पर में मुझे तो यह हू-ब-हू दूसरी नलिनी जान पड़ती है।" .

सुभद्रा ने सस्नेह युवती की ओर देखा और उसके होंठों पर मृदु मुस्कान तिर आई।

नलिनी सुभद्रा के बड़े बेटे जनेंद्र की पत्नी और डा० भद्रसेन की छोटी बहन थी।

"डाक्टर, यह बताओ कि जीवन की पिछली बातें भूल जाने का कारण क्या हो सकता है ?" त्यागराज ने भद्रसेन से प्रश्न किया।

"मेरा खयाल है कि बेहोशी वैसे तो टूट गई है, पर दिमाग पर उसका प्रभाव अब भी बाकी है।" भद्रसेन ने एक नजर युवती की ओर देखा और तनिक रुककर आगे कहा, "जब यह प्रभाव पूर्ण रूप से दूर हो जाएगा तो स्मरणशक्ति अपने-आप लौट आएगी।"

"कब तक ?"

"यह कुछ नहीं कहा जा सकता।" भद्रसेन ने उत्तर दिया। त्यागराज ने दृष्टि हटाकर दीवार पर टंगे चित्र की ओर देखा और उसी ओर देखते हुए आगे कहा, "एक दिन, एक हफ्ता, एक साल या इससे भी अधिक समय लग सकता है।"

युवती ने भद्रसेन की बात सुनी तो अपना सिर सुभद्रा के कंधे पर रख

दिया, जैसे जंगल की निस्सहाय बेल ने पेड़ का सहारा ले लिया हो। बाप और बेटे दोनों की दृष्टि उसके चेहरे पर केंद्रित थी। लेकिन बाप की दष्टि में सहानूभूति और बेटे की दृष्टि में संदिग्ध कर प्रश्न था।

"तब तक क्या किया जाए ? पुलिस को सूचना दें ?" त्यागराज ने युवती पर से दृष्टि हटाकर भद्रसेन की ओर देखा।

"सूचना देने में कोई हर्ज नहीं।" भद्रसेन ने उत्तर दिया और कहा, "शायद वही कुछ खोज-खबर निकालें।"

"तब तक इसे नारी-निकेतन में रखा जाए।"

'नारी निकेतन' शब्द पर युवती यों चौंकी जैसे बिच्छु ने डंक मारा हो। उसने आंखें पूरी खोलकर सुभद्रा की ओर देखा, उनमें करुणाजनक याचना थी।

"वाह, सबह तो कह रहे थे, तुम्हें पली-पलाई बेटी मिल गई और अब उसे नारी निकेतन भेजने को तैयार हो ! न बाबा, मैं अपनी बिटिया को उस नरक में कभी न जाने दूंगी।"

सुभद्रा ने युवती को छाती से लगा लिया और प्यार से उसका सिर सहलाने लगी। युवती भी सुभद्रा से सटकर स्नेह और वात्सल्य का पान कर रही थी। लगा कि चिर काल से बिछुड़ी मां-बेटी सहसा एक-दूसरे से आ मिली हैं।

5

सुभद्रा दस-बारह बरस तक गर्ल्स कालेज में प्रिंसिपल रह चुकी थीं। इस दौरान वह जाने कितनी छात्राओं और कितनी अध्यापिकाओं के सम्पर्क में आई थीं। कई एक से विशेष अनुराग भी हो गया था, जिनपर उन्होंने अपने हृदय का स्नेह उंडेला था। वैसे उनका व्यवहार सभी से प्यार और सहानुभूति का था। जहां भी रहीं,उन्होंने वही प्रशंसा और आदर पाया। अब वह महिला आंदोलन में सक्रिय भाग ले रही थीं, अभिजात वर्ग की समाजसेवी और राजनीति में प्रमुख महिलाओं से मेल-जोल था। इसके अतिरिक्त वह पति के साथ सार्वजनिक सभाओं, मीटिंगों और पार्टियों में आती-जाती थीं। अध्यापन कार्य से अवकाश प्राप्त कर लेने के बाद भी जीवन में व्यस्तता, गहमागहमी और चहल-पहल बनी हुई थी फिर भी उन्हें अधिकांश समय घर ही में बिताना होता था। घर में बहू नहीं थी, बच्चे नहीं थे। एक नरेंद्र था, वह भी सुबह दफ्तर जाता और शाम को लौटता था। अक्सर वह और पानसिंह दो ही प्राणी घर पर रह जाते थे। तब उन्हें मकान सूना-सूना लगता था। अपने भीतर एक रिक्तता, एक अभाव महसूस होता था। जिन छात्राओं और अध्यापिकाओं से उनकी घनिष्ठता रहती थी और जिनपर उन्होंने अपने हृदय का स्नेह उंडेला था, उनके चेहरे आकाश पर मंडराने वाले आसाढ़-असौज के बादलों की भांति निकट आते और फिर बिना बरसे ही दूर चले जाते थे। भीतर की रिक्तता पहले से कुछ अधिक बढ़ जाती थी और सन्नाटा गहरा जाता था।

"पानसिंह !" वह आवाज़ लगातीं।

"जी, बीबीजी !" पानसिंह हाथ का काम छोड़कर किचन से दौड़ा-दौड़ा आता।

"क्या कर रहे हो?"

"दाल बीन रहा हूं।"

"अच्छा, जाओ बीनो।"

पानसिंह मालकिन का मुंह ताकता हुआ लौट जाता। उसकी समझ में नहीं आता कि आखिर उसे बुलाने का प्रयोजन क्या था।

बहू आई तो वह सात समुद्र पार विदेश चली गई। नरेंद्र से उन्होंने कितनी बार कहा कि बेटा, अब ब्याह कर लो, सूना घर खाने को आता है। सुभद्रा ने दो-तीन लड़कियां भी पसंद कर लीं, पर नरेंद्र पर किसी बात का कोई असर नहीं हुआ। लड़की देखने तक से इंकार कर दिया, जैसे उसने भीष्म पितामह की तरह आजीवन अविवाहित रहने की प्रतिज्ञा ले रखी हो। भीष्म पितामह ने अपनी जवानी वृद्ध पिता की लालसा पर बलिदान कर दी थी, पर नरेंद्र की इस प्रतिज्ञा का कोई कारण नहीं था बल्कि उसने मां की उचित कामना की व्यर्थ अवहेलना की थी।

अब इस रूपसी के अचानक आ जाने से सुभद्रा को राहत मिली और उनके भीतर का रिक्त भर-सा गया। किसी को 'बेटी' कहकर पुकारने और पास बैठाकर बोलने-बतलाने की साध पूरी हुई। इसलिए पुलिस को सूचना देने के बाद जब यह तय पाया कि खोज-खबर मिलने तक युवती डा० त्यागराज ही के मकान पर रहे और इसे नारी निकेतन जैसे किसी दूसरे स्थान पर भेजने की कोई ज़रूरत नहीं तब युवती ही को नहीं, खुद सुभद्रा को भी बड़ी प्रसन्नता हुई थी। प्रसन्नता के अवसरों पर जैसे अक्सर होता था, उन्होंने इस बार भी पानसिंह को तुरन्त बुलाया और दो रुपये का नोट उसके हाथ में थमाकर कहा, "तुम जाओ, घूम-फिर आओ, छुटी करो। शाम का भोजन हम मां-बेटी खुद बना लेंगी।"

पानसिंह के चले जाने से युवती को पाक-कला में अपनी प्रवीणता प्रदर्शित करने का सुअवसर हाथ लगा। रात का भोजन इतना स्वादिष्ट, इतना सुरुचिपूर्ण था कि बाप-बेटा दोनों ने तृप्त होकर खाया और युवती ने जो दो विशेष व्यंजन पहली बार तैयार किए थे, उन्हें जी भरकर सराहा।

अगले दिन जब अखबार आया तो पहले ही पृष्ठ पर एक खबर की सुर्खियां देखकर नरेंद्र चौंक उठा :

'एक युवती की रहस्यमय मृत्यु
किदवई नगर में लाश मिली'

अगल-बगल देश-विदेश की महत्त्वपूर्ण खबरें छपी थीं। जाने क्यों सबसे पहले इसी खबर ने नरेंद्र का ध्यान आकर्षित किया। सुर्खियां पढ़कर वह एक क्षण रुका और फिर एक दीर्घ निःश्वास छोड़कर नीचे का पूरा विवरण पढ़ा :

'नई दिल्ली : 17 सितम्बर—मीना नाम की एक तेईस-चौबीस वर्षीय युवती, जो के० एंड के० कंपनी में रिसेप्शनिस्ट थी और वर्किंग गर्ल्स होस्टल में रहती थी, आज सुबह किदवई नगर में मृत पाई गई। उसका चेहरा बुरी तरह विकृत था। वह सिर्फ कपड़ों से पहचानी गई। लगता है कि हत्या कहीं और हुई थी; पर हत्यारे उसका शव यहां गंदे नाले के निकट फेंक गए।

पुलिस इस रहस्यमय हत्याकांड की जांच कर रही है।'

अगर नरेंद्र ने खुद एक रहस्यमय घटना का साक्षात्कार न किया होता और संज्ञाहीन दशा में इतनी ही आयु की एक युवती घर में न आई होती तो शायद वह इस खबर को बिना पढ़े ही छोड़ देता और अगर पढ़ता भी तो बिलकुल सरसरी तौर पर, वह उसका मर्मस्थल कदाचित् न छू पाती। हत्या और अपहरण की ऐसी सनसनीखेज खबरें अक्सर छपती रहती हैं, कौन उनकी परवाह करता है ? नरेंद्र उन्हें प्राय: नज़रंदाज कर देता था। लेकिन आज इस खबर का उसने एक-एक शब्द ध्यान से पढ़ा, पढ़कर वह सिहर उठा और उसके भीतर चिंगारियां-सी फूटने लगीं। खबर उसने पिता को सुनाई, मां को सुनाई और शरणागत इस अनामिका युवती को सुनाई।

"ऐसी घटनाएं दिनों-दिन बढ़ती जा रही हैं।" खबर पढ़ लेने के बाद नरेंद्र ने अपनी प्रतिक्रिया व्यक्त की।

"इन घटनाओं का भ्रष्टाचार से सीधा सम्बन्ध है। जैसे-जैसे भ्रष्टाचार

बढ़ेगा, ऐसी घटनाएं भी बढ़ेंगी।" डाक्टर साहब ने बेटे की बात को सैद्धांतिक रूप दिया।

लेकिन युवती की इस चर्चा में तनिक भी रुचि नहीं थी। खबर सुनते ही उसका रंग सरसों के फूल जैसा पीला पड़ गया था और होंठ भिंच गए थे, जैसे फिर से बेहोश हो जाएगी। ज्यों ही डाक्टर साहब ने वाक्य पूरा किया, वह वहां से चलने के लिए उठ खड़ी हुई।

"क्यों बेटी, तबियत कैसी है?" सुभद्रा ने पूछा।

"ठीक है।" युवती ने संक्षिप्त उत्तर दिया और वह ड्राइंगरूम से बाहर चली गई।

"बेचारी के मन पर जाने क्या बीत रही है। अच्छा था कि यह खबर उसे न सुनाई होती।" सुभद्रा ने बेटे की ओर देखते हुए कहा।

"मैं न सुनाता तो वह खुद पढ़ती और तब भी उसके मन पर यही बीतती।"

नरेंद्र ने मां की बात का उत्तर दिया; लेकिन उसने खुद महसूस किया कि युवती के मन को वाकई गहरी ठेस लगी है वर्ना वह कदाचित् यों उठकर न चली जाती।

कोठी में कुल मिलाकर सात कमरे थे। जब युवती का फिलहाल यहीं रहना तय हुआ, तभी उसे एक अलग कमरा दे दिया गया ताकि वह हर तरह स्वच्छंद महसूस करे, इच्छा अनुसार उठे-बैठे और जब चाहे आराम करे।

ड्राइंगरूम से उठकर वह अपने कमरे में आई और आते ही धम्म से पलंग पर गिर पड़ी। उसने सिरहाना उठाकर छाती के नीचे रखा और उसपर औंधे मुंह लेट गई। खबर ने युवती के भीतर जो उथल-पुथल मचा दी थी, किसी दूसरे के लिए उसे समझ लेना सम्भव नहीं था। व्यग्रता क्षण-क्षण बढ़ रही थी। उसने शरीर ढीला छोड़ दिया और बांहें फैला दीं। सुभद्रा आई और दरवाजे पर से एक नज़र देखकर लौट गई। नरेंद्र नहा-धोकर दफ्तर चला गया। घर में शान्ति थी। युवती इसी प्रकार लेटी रही। वह बीच-बीच में कभी मुट्ठियां भींचती और कभी पांव पटकती थी। काफी देर यों ही लेटे रहने के बाद उसने धड़ ऊपर उठाया और कुहनियां पलंग पर टेककर सिर हाथों में थाम लिया।

उसकी दृष्टि सामने दीवार पर टिकी थी। उसने सिर को एक झटका दिया और मुख से शब्द-प्रवाह पहाड़ी करने की तरह फूट निकला :

"मरने वाली चाहे कोई भी हो, उसे मेरा नाम ओढ़ा दिया गया है। यह नाम कफन के साथ ही जलकर हमेशा-हमेशा के लिए खत्म हो जाएगा। दुनिया भूल जाएगी कि मीना नाम की रिसेप्शनिस्ट युवती का भी कभी कोई अस्तित्व था। यह मेरे एक जन्म का अन्त और दूसरे की शुरुआत है। मरने वाली ने मुझे तमाम बंधनों से मुक्त कर दिया है। न कोई मुझे याद करेगा और न मुझे खोजने को सिरदर्दी मोल लेगा। मैं जीवित होते हुए भी दूसरों के लिए मर चुकी हूं। मृत्यु जो मनुष्य के लिए इतनी भयंकर है, मेरे लिए वरदान बन गई है। अब मैं आकाश में उड़ने वाले पंछी की तरह स्वच्छंद और स्वतन्त्र हूं। शायद यह युवती खुद भी सम्पूर्ण नारी बनने का प्रयास कर रही थी। वह अपने इस प्रयास में असफल रही, पर मेरा मार्ग प्रशस्त कर गई। यह मेरा नया जीवन है और इस नये जीवन में मेरा नया नाम—एक मात्र नया नाम है—सम्पूर्ण नारी ! सम्पूर्ण नारी !"

अपना यह नाम दोहराते हुए युवती उठकर बैठ गई। तकिये को उठाकर हवा में उछाला और उचक लिया। मन अब हलका था और वह चिड़िया बनकर उड़ जाना चाहती थी।

"बेटी, नाश्ता ले लो।" सुभद्रा की आवाज़ सुनाई पड़ी।

"आई, मांजी !" युवती ने उत्तर दिया।

जब वह कमरे से बाहर निकली तो उसके मुख पर गाम्भीर्य की मोटी परत थी और वह सर्वथा संयत और शान्त थी।

6

नरेंद्र की उम्र बत्तीस-तेंतीस बरस थी। कद पांच फूट पांच इंच, रंग गेहुआं, दाहिनी आंख के नीचे छोटा-सा तिल, बाल घने और घुंघरियाले थे। वह छ:-सात बरस पहले 'स्वस्तिका लिमिटिड' नाम की कंपनी में, अठारह सौ रुपये मासिक वेतन पा रहा था।

'स्वस्तिका लिमिटिड' कंपनी पश्चिम जर्मनी के साथ अनुबंध में चल रही थी। यह कंपनी ट्रैक्टर और स्कूटर बनाती थी। उसने अपने ट्रैक्टर का नाम 'किसान' और स्कूटर का नाम 'चेतक' रखा था। ट्रैक्टर और स्कूटर के कुछ पुर्जे कंपनी खुद बनाती थी, कुछ फरीदाबाद की 'जयहिंद' कंपनी से खरीदे जाते थे और कुछ पश्चिम जर्मनी से आयात होते थे। फिर भी कंपनी ने अपनी उत्पादक वस्तुओं का शुद्ध स्वदेशी नाम इसलिए रखा था कि चौथे दशक से भारतीय संस्कृति की गौरव चर्चा विशेष रूप से बढ़ गई थी। राजनीति और व्यापार के क्षेत्र में संस्कृति और परंपरा से अब नहीं, हमेशा ही लाभ उठाया गया है। ब्रिटिश शासन काल में जब जर्मनी अविभाजित था और व्यापार के क्षेत्र में ब्रिटेन से उसकी होड़ लगी थी, उसने अपने विशेषज्ञ भारत भेजे थे। उद्देश्य यह था कि वे यहां के रीति-रिवाज, संस्कृति और भाषा इत्यादि का अध्ययन करें ताकि भारत की मंडी में ब्रिटिश माल को मात दी जा सके। इसमें उन्हें पर्याप्त सफलता मिली थी। 'सफाचट' ब्लैड जिसका अविभाजित भारत में काफी चलन रहा, जर्मनी से बनकर आता था।

जब से ब्रिटेन का एकाधिकार समाप्त हुआ था, तब से सभी उन्नत

देशों को भारत की मंडी में अपने-अपने घोड़े दौड़ाने की खुली छूट मिल गई थी। परिणाम यह निकला कि मिश्रित अर्थतंत्र के हमारे इस विकासशील देश में छोटे और बड़े पैमाने के अनुबंधों की बाढ़-सी आ गई थी। विदेशी पूंजी और विदेशी नो-हाऊ (तकनीकी जानकारी) के आधार पर नये-नये कारखाने और नई-नई कंपनियां खुलती चली गईं। विदेशी विशेषज्ञ और परामर्शदाता आए, व्यवस्थापक और इंजीनियर आए और इसी वेश में हाथ पर सरसों जमाने वाले लोमड़ी स्वभाव के भेदिए और जासूस भी आए। हमारा दरिद्र देश अंतर्राष्ट्रीय षड्यंत्रों का अखाड़ा बनता चला गया।

इन विदेशियों के वेतन और भत्ते उनके अपने जीवन-स्तर के अनुरूप उसी पद के भारतीयों के वेतन-भत्ते से कई गुना ज्यादा थे। वेतन-भत्तों के अनुपात ही से उनकी विलासिता का स्तर भी बहुत ऊंचा था। खरबूजे को देखकर खरबूजा रंग पकड़ता है। इन विदेशियों के साथ काम करने वाले भारतीयों ने जहां उनसे 'नो-हाऊ' सीखा, वहां उनमें यह अहसास भी बड़ी तेजी से बढ़ा कि जीने की वास्तविक 'कला' तो सिर्फ यही लोग जानते हैं, हम तो यों ही फूहड़, गंवार और पोंगापंथी बने भाड़ झोंक रहे हैं और उनके मुकाबले में सदियों पिछड़ गए हैं। परिणाम यह है कि जीवन को जीवन बनाने वाले आनंद भोगों से सर्वथा वंचित हैं। जिस गति से देश का औद्योगीकरण हो रहा था, सदियों का फासला तय करके जल्द से जल्द आधुनिक बनने की गति उससे कहीं अधिक तेज थी। सुरा-सुंदरी का चलन बढ़ा। मन बहलाने के गुप्त विलास-गृह खुलने लगे। इन विलासिता गृहों हों को चलाने में कानून और व्यवस्था के लिए जिम्मेदार उच्चाधिकारियों तक का हाथ रहता था। खुद कोतवाल के चोर बन जाने से जिस स्थिति का आना स्वाभाविक और अनिवार्य है, वही स्थिति आ गई। उद्योग और व्यापार का विकास कम, अवैध धंधों और काले धन का फैलाव अधिक हुआ।

सुरा-सुंदरी से मन बहलाने वाली इस विलासितापूर्ण सभ्यता ने जिस इंद्रियोत्तेजक साहित्य और फिल्मों को जन्म दिया था, उनका आयात हमारे इस देश में बड़े पैमाने पर होने लगा। स्वाधीनता-संग्राम के दिनों में जो सुरुचि

परिष्कृत हुई थी और जो आदर्श संजोए गए थे, पिछले पच्चीस-तीस बरस से उस सुरुचि का क्रमशः ह्रास और आदर्शों का हनन हुआ था। सुरुचि और आदर्शों में पली पुरानी पीढ़ी के लोग दिन-दिन कम होते जा रहे थे। नई पीढ़ी का अधिकांश शिक्षित समुदाय इस विकृत और पतनोन्मुख विलासी सभ्यता से अभिभूत था। अजीर्ण के रोगी को जैसे चूरन की चाट लग जाती है, इस नई पीढ़ी को इंद्रियोत्तेजक निकृष्ट साहित्य और सनसनीखेज फिल्मों की चाट लग गई थी। अराजकता और अनुशासनहीनता बढ़ रही थी, स्वार्थपूर्ति का जीवन ही एक मात्र लक्ष्य बनता जा रहा था। देश और राष्ट्र की बात सोचने-कहने वाले को समय से पिछड़ा हुआ अगले वक्तों का प्राणी घोषित करके मखौल उड़ाया जाता था।

इंजीनियरिंग पास करने तक नरेंद्र के सहपाठी और प्राध्यापक उसकी प्रखर बुद्धि और बहुमुखी जानकारी का लोहा मानते थे। पिता के पास काफी बड़ा निजी पुस्तकालय था। नई-नई पुस्तकें और पत्रिकाएं खरीदना, जो यहां न मिलें विदेशों से मंगवाना उनकी एकमात्र हॉबी थी। उसे भी गम्भीर विषयों की पुस्तकें पढ़ने, अर्थनीति, राजनीति, दर्शन और विज्ञान की गूढ़ समस्याएं समझने-सुलझाने का शौक पैदा हुआ था। प्रसिद्ध विचारक, स्वाधीनता संग्राम के सेनानी और बुद्धिजीवी पिता से मिलने आया करते थे और घर पर कई प्रकार की महत्त्वपूर्ण चर्चा-परिचर्चा होती रहती थी। इस वातावरण में जाने-अनजाने नरेंद्र की जानकारी बढ़ती और रुचि परिष्कृत होती रही। भद्रसेन को वह बचपन ही से जानता था, पर कालेज में जाने के बाद वह उसकी ओर विशेष रूप से आकृष्ट हुआ। कारण यह कि भद्रसेन पेशे से चाहे डाक्टर था, पर वह साहित्य और ललित कलाओं में रुचि लेने वाला विचारशील व्यक्ति था। नरेंद्र जिन प्रश्नों और समस्याओं को पिता के सम्मुख रखने में सकुचाता था, भद्रसेन के साथ उनपर खुलकर बातचीत होती थी और बाल की खाल उतारी जाती थी।

भद्रसेन का परिवार शिक्षित और सुसंस्कृत होने के अलावा पिछली दो पीढ़ी से राजनीति में सक्रिय भाग लेता आ रहा था। उसका बड़ा भाई इन्द्रसेन क्रान्तिकारी संगठन 'नौजवान भारत सभा' का सदस्य था। उसे एक बैंक डकैती के सिलसिले में छः साल सख्त कैद की सजा हुई थी और अब

भी वह एक प्रसिद्ध ट्रेड यूनियन नेता था। भद्रसेन ने राजनीति में चाहे सक्रिय भाग नहीं लिया था, पर उसका दृष्टिकोण साहित्य और राजनीति ही में नहीं अपने व्यवसाय तक में जनवादी था। वह देश के जनसाधारण और उनकी परम्पराओं से प्यार करता था।

नरेंद्र भद्रसेन के इन गुणों से प्रभावित था और अपने विद्यार्थी जीवन में उससे प्रेरणा ग्रहण करता रहा था। इन दोनों में जो घनिष्ठता बढ़ी थी, उसे मैत्री की, गुरु-शिष्य के सम्बन्ध की अथवा कोई दूसरी संज्ञा दी जा सकती थी। वर्ना नरेंद्र से अगर पूछा जाता कि तुम्हारे मानसिक विकास में पिता के अलावा और किसका अधिक योगदान है तो उसका सहज उत्तर होता—'डाक्टर भद्रसेन का।

नरेंद्र के प्रति भद्रसेन के मन में स्नेह की जो भावना थी, उसे नरेंद्र ही नहीं, डा० त्यागराज और सुभद्रा ने भी भली भांति समझ लिया था। मनोगत भाव छिपाए नहीं छिपते, मनुष्य की तो बात ही क्या, उन्हें पशु-पक्षी तक समझ लेते हैं।

स्वस्तिका लिमिटिड' में इंजीनियर बन जाने के बाद से नरेंद्र की चेतना अवरुद्ध और उसका व्यक्तित्व धीरे-धीरे कुंठित होता चला गया था। इस परिवर्तन से नरेंद्र स्वयं चाहे अनभिज्ञ था, पर भद्रसेन की स्नेहमयी सूक्ष्म दृष्टि ने देख-समझ लिया था। एक अवसर पर उसका ठोस प्रमाण पाकर उसे बड़ा खेद हुआ और उसने नरेंद्र को चेताने का प्रयास भी किया।

इंद्रसेन का छोटा साला भुवनेश नरेंद्र का सहपाठी था। एक पार्टी के सिलसिले में भद्रसेन जब उसके घर पहुंचा तो वहां चार-पांच आदमी पहले से मौजद थे और उनमें बंगला देश की राजनीति पर बातचीत हो रही थी। नरेंद्र भी आ चुका था, पर वह इस बातचीत के प्रति तटस्थ भाव अपनाए अलग बैठा था और 'फिल्म-फेयर' पढ़ने में इतना तल्लीन था कि उसे भद्रसेन के ड्राइंगरूम में प्रवेश करने और चर्चित विषय पर अपना मत व्यक्त करने का पता तक नहीं चला।

"नरेंद्र !"

आवाज पहचानकर नरेंद्र चौंका और उसने हाथ जोड़कर प्रणाम किया।

भद्रसेन सोफे से उठकर उसके निकट एक कुर्सी पर आ बैठा था। धीरे से बोला :

"इस फिल्मी पत्रिका में तुम्हारी इतनी दिलचस्पी! ताज्जुब है।"

नरेंद्र लजाया और उसने पत्रिका बंद करते हुए उत्तर दिया, "क्या किया जाए? जिन लोगों में हर वक्त का उठना-बैठना है, उनकी बातचीत का एकमात्र विषय फिल्म है। आप जानते हैं, साथ तो देना ही पड़ता है।"

"यों कहो, जो भी नमक की खान में जाता है, उसका नमक बन जाना स्वाभाविक है।"

नरेंद्र ने बांहें ऊपर उठाकर अंगड़ाई ली और उत्तर में वह मुस्करा भर दिया।

भद्रसेन उसके मुख की ओर देखता रह गया। उसे विश्वास नहीं आ रहा था कि ढाई-तीन साल पहले का नरेंद्र थोड़े-से समय में इतना बदल गया है। नमक की खान का मुहावरा उसने जिस तीव्र वेदना के साथ इस्तेमाल किया था, नरेंद्र को वह छू तक नहीं पाई थी।

लेकिन नरेंद्र नमक बना नहीं था, बनने की प्रक्रिया में था। उसने 'फिल्म फेयर' ही नहीं, जेम्स बांड और रौबिंस के जासूसी उपन्यास भी पढ़ना शुरू कर दिए थे और उसे वे अच्छे लगते थे। गुप्त रूप से बिकने वाला अश्लील साहित्य भी नज़र से गुजरा था, जो उसने नाक-भौं चढ़ाकर अलग हटा दिया था। अपने एक सहकारी सुरेश के मकान पर ब्लू फिल्मों में यौन विकृति के बीभत्स दृश्य और नारी को अत्यन्त घणित, पतित रूप में देखा तो उसका मन ग्लानि से भर गया। पूर्वसंचित संस्कारों को आघात पहुंचा और मांस के उस दरिया में डूबने के बजाय यौन-संबंधों से उसे गहरी वितृष्णा हो गई जो आखिर अविवाहित रहने की प्रतिज्ञा का आधार बन गई। डा० त्यागराज ने इस संबंध में कभी कुछ नहीं कहा, लेकिन मां, दूसरे सगे-संबंधियों और भद्रसेन के लाख समझाने पर भी वह टस से मस नहीं हुआ और उसने ब्याह के हर प्रस्ताव को ठुकरा दिया।

7

वितृष्णा, आकर्षण—आकर्षण, वितृष्णा। जब से युवती घर में आई थी, नरेंद्र विपरीत भावनाओं के निरंतर द्वंद्व में जी रहा था। उसकी पहले दिन की वेशभूषा स्कर्ट, टाप और कंठी से यह शंका पुष्ट होती थी कि उसने मेंड्रिक्स की गोलियां खाई हैं वर्ना नींद से बेहोश हो जाने का कोई कारण नहीं था। रिक्शा अथवा स्कूटर में वह कहीं जा रही होगी कि उसमें बैठे-बैठे बेहोश हो गई। अब चालक उसे पहुंचाता तो कहां पहुंचाताठौर-ठिकाना कुछ मालूम नहीं था। झंझट से बचने के लिए वह इस बला को सड़क पर फेंककर चलता बना। मरे या जिए, उसे इससे मतलब? दिसम्बर-जनवरी की रात होती तो शायद वह ठिठुरकर मर गई होती। अगर बेहोशी की हालत में वहां कुछ देर पड़ी रहती तो सम्भव था, चील, कौवे अथवा कुत्ते उसे नोच डालते और उसका वैसा ही विकृत शव पुलिस को मिलता जैसा किदवई नगर में इसी अवस्था की किसी दूसरी युवती का मिला था। मौसम अच्छा था, पिताजी कुछ जल्द ही घर से निकले और उन्होंने इसे देख लिया।

'क्या यह सम्भव नहीं कि उसने स्मृति खो देने का नाटक रचा हो ?'

नरेद्र सोचते-सोचते एक विशिष्ट बिंदु पर पहुंचा तो उसका चिंतन अनायास प्रश्न बनकर मुखर हो उठा।

लेकिन माता-पिता, उनकी बात ही अलग थी। वे सरल हृदय प्राणी थे। उन्हें जो जीवन विरासत में मिला था, उसे पग-पग आगे बढ़ाने का गौरव

प्राप्त था। नई पीढ़ी की अत्याधुनिकता को न उन्होंने देखा-परखा था और न ही उनके मन में उसके प्रति कोई पूर्वाग्रह था। किसी अच्छे घर की शिक्षित युवती को कष्ट और संकट में देखकर उनकी संस्कारगत करुणा उमड़ आई थी और उन्होंने उसे सहज स्वभाव 'बेटी' कहा था। स्मृति खो देने का अभिनय करके युवती ने उनकी सहानुभूति जीत ली थी। अब जब उसे साथ रहते दो महीने बीत चुके थे, सुभद्रा और त्यागराज के व्यवहार से यही लगता था कि उन्होंने उसे बेटी के रूप में स्वीकार लिया है। वह उनके लिए अजनबी या परायी नहीं है।

और फिर डाक्टर भद्रसेन—उसका मन भी पूर्वाग्रहों से मुक्त एक साफ स्लेट था, जिसपर वह कोई भी गलत शब्द अथवा अप्रिय शब्द लिखना नहीं चाहता था। डाक्टर के पास चोर आए या साधु आए, वह दोनों को समान भाव से देखेगा, अगर बीमार है तो वह दोनों का इलाज करेगा। वह किसी को भी शंका और संदेह की दृष्टि से नहीं देखेगा। फिर वह डाक्टर होने के अलावा साहित्य-प्रेमी और कला-प्रेमी भी था और उसके प्रगतिशील दृष्टिकोण के अनुसार देश-प्रेम का मतलब देश की जनता से प्रेम करना था। वह एक ऐसा व्यक्ति था, जिसने इस जीवनदर्शन को व्यवहार में ढाला था। इसीलिए भद्रसेन ने युवती की अत्याधुनिक वेशभूषा के बजाय उसके सौंदर्य को देखा था और सहज ही में उसे मधु से उपमा दी थी—मधु, जो कभी सड़ता नहीं और दूसरी चीजों की भी सड़ने से रक्षा करता है। इसलिए बिना जाने-बूझे युवती के साथ किसी अप्रिय विचार को जोड़ना, उसमें किसी अवगुण की कल्पना करना भद्रसेन के लिए सम्भव नहीं था।

निस्संदेह नरेंद्र भी युवती के अनुपम सौंदर्य से प्रभावित हुआ था। भद्रसेन के साथ वह भी उसे सुप्त अवस्था में एक टक निहारता रह गया था। फिर जब स्कर्ट और टाप की जगह वह नलिनी की साड़ी-जम्पर पहनकर सामने आई तो उसका मधु रूप और भी निखर आया था। तब उसमें घिन उत्पन्न करने वाले लिजलिजे मोम की तनिक भी मिलावट नहीं थी। शुद्ध तरल अग्निशिखा-सा चमचमाता मधु !

इस अग्निशिखा की तेज़ आंच ने दुराग्रह को पिघला दिया था और

नरद्र के मन से घृणा और उपेक्षा की कई मोटी-मोटी परतें एकसाथ उतर गई थीं।

सुभद्रा और युवती ड्राइंगरूम में बैठी हैं,पानसिंह साग-सब्जी खरीदने बाजार गया है।" युवती की निगाहें दरवाजों और खिड़कियों पर लटके पर्दो से टकराकर लौट आती हैं, उसके होंठ कंपकंपाते हैं और वह कुछ कहते-कहते रुक जाती है। विचार बार-बार मन में उठता है और होंठ बार-बार कंपकंपाते हैं। आखिर उसके लिए अपने को रोक पाना, होंठों पर आए विचार को पी लेना सम्भव नहीं रहता और वह सुभद्रा से पूछती है:

"मांजी, ये पर्दे कब खरीदे गए थे?"

युवती जब मृदु और समृद्ध स्वर में 'मांजी' कहकर पुकारती है तो सुभद्रा को उसमें बहू और बेटी दोनों रूप एकसाथ दिखाई पड़ते हैं और उनकी आत्मा का कण-कण खिल उठता है।

"पर्दे !" सुभद्रा ने दोहराया और स्मृति पर जोर डालकर कहा, "जनेंद्र के ब्याह को आठ-दस बरस हुए, तभी खरीदे गए थे।"

"अब नये डिजाइन के नये पर्दे खरीदे जाएं तो कैसा रहे ?"

सुभद्रा ने एक नज़र युवती को देखा और फिर एक नज़र पूरे ड्राइंगरूम पर डाली। पर्दे वाकई घिस-पिट गए थे; रंग फीका पड़ गया था और उनपर बने अर्ध-नारी चित्रों और हाथी सूंड़को अलग-अलग पहचान पाना कठिन था।

"हां, ये पर्दे तो अब बदले ही जाने चाहिए।" सुभद्रा ने युवती के प्रस्ताव का समर्थन किया।

पर्दे बदल देने का सुझाव त्यागराज और नरेंद्र को भी पसंद आया और उन्होंने महसूस किया कि उनके जीवन में कहीं कुछ ठहराव, उदासीनता अथवा नीरसता अवश्य आ गई है वर्ना पर्दे इतने पुराने पड़ गए हैं कि उन्हें बहुत पहले बदल देना चाहिए था। इस बात को बेटे ने बाप से अधिक महसूस किया और वह सुझाव देने वाली युवती की सुरुचि का कायल हो गया।

दूसरे ही दिन नये पर्दे आ गए। उनके गहरे पीले रंग की भूमि पर

लाल रंग में कमल फूल और उनपर मंडराती हुई तितलियां बहुत भली मालूम होती थीं। न सिर्फ यह कि पुराने पर्दों का स्थान नये पर्दों ने ले लिया था बल्कि युवती ने ड्राइंगरूम की पूरी सैटिंग बदल दी थी। सामान चाहे वही था; लेकिन सोफों, तिपाइयों, जहां-तहां रखी कलाकृतियों और दीवार पर टंगे चित्रों को नई तरतीब देने मात्र से ड्राइंगरूम का रूप ही बदल गया—उसमें एक नई भव्यता आ गई। नटराज की कांस्य मूर्ति जो एक अलभ्य कलाकृति थी, जिसे शायद बहुत पहले अजंता एलोरा के सिद्धहस्त कलाकारों ने बनाया था, यों कोण बनाती हुई रखी गई थी कि भीतर प्रवेश करने वाले व्यक्ति की दृष्टि सबसे पहले उसी पर पड़ती थी। कलैंडर के दोनों ओर रखे दो वृद्ध जिनकी दाढ़ी सन के सदृश सफेद, कमर झुकी हुई और हाथों में लाठियां थीं, द्रुत गति से बीत रहे समय का बोध कराते थे।

"वाह, क्या बात पैदा की है ! इस सैटिंग का जवाब नहीं।" नरेंद्र ड्राइंगरूम में आते ही बोल उठा और फिर एक-एक चीज को ध्यान से देखने लगा।

नटराज की कांस्य मूर्ति और झुकी हुई कमर वाले वृद्धों को देखते ही नरेंद्र की दृष्टि उस गुलदस्ते पर आ टिकी, जिसे युवती ने स्वयं बनाया था और जिसके फूल-पत्ते सुबह से शाम हो जाने पर भी मुरझाए नहीं थे।

नरेंद्र ने जब ड्राइंगरूम में प्रवेश किया, युवती भी पीछे-पीछे चली आई थी और अब पास में ही खड़ी थी। नरेंद्र ने उसपर प्रश्नसूचक दृष्टि डाली, जैसे पूछ रही हो कि फूल-पत्तों के न मुरझाने का कारण क्या है ?

"मैंने गुलदान के पानी में चीनी मिला दी थी। उससे इन्हें खुराक मिलती रही और इसी कारण ताजगी बनी हुई है।"

नरेंद्र अगर सतर्क होता तो वह पूछ सकता था कि जब तुम्हें अपना नाम तक याद नहीं है तो यह पानी में चीनी मिलाना कैसे याद रह गया। लेकिन उसे पूछने का होश ही नहीं था। वह युवती के मुस्कराते होंठों और घूमती हुई पुतलियों की ओर देख रहा था और उसके मुख से निकला एक-एक शब्द उसे अभिभूत कर रहा था।

"तुम बड़ी चतुर हो। जी चाहता है कि यह गुलदस्ता बनाने वाले इन हाथों को चूम लूं।"

युवती ने निस्संकोच अपने हाथ आगे बढ़ा दिए।

नरेंद्र कहने को तो कह गया; पर उसमें उन्हें स्पर्श करने का भी साहस नहीं था। वह झेंपकर एक कदम पीछे हट गया।

पुतलियां फिर घूमीं, होंठ फिर मुस्कराए। युवती की आंखों में चंचलता थी और उस भाव के अनुरूप मुस्कान भी चंचल थी, जैसे वह कह रही हो, 'महाशय, अपनी बात तो रखो। आगे बढ़ो, मेरे इन हाथों को चूम लेने में कौन बुराई है ?"

युवती ने 'हाउ टू स्माइल' नाम की पुस्तक से मुस्कराने की विभिन्न विद्याएं सीखी थीं और उन्हें जाने कितने पुरुषों पर आजमाया-परखा था। अब उसे भांप लेने का अभ्यास हो गया था कि किस पुरुष पर किस समय मुस्काने की कौन-सी विधा कारगर होगी। उसने नरेंद्र की अवज्ञा और उपेक्षा को इस घर में आते ही भांप लिया था और एक योजनाबद्ध रणनीति द्वारा उसके विरुद्ध मोर्चा भी ले लिया था। युवती को अपनी शक्ति पर विश्वास था और उसने मन ही मन कई बार सगर्व दोहराया था, "लल्लूराम ! तुम चाहे जितना भी बनो, जीत आखिर मेरी ही होगी।"

गदराया शरीर, बड़ी-बड़ी नशीली आंखें, बदलती-थिरकती मुस्कानें और युवती को योजनाबद्ध रणनीति से नरेंद्र सर्वथा अनभिज्ञ था। धीरे-धीरे वितृष्णा और आकर्षण में संतुलन स्थापित हुआ, फिर जैसे सितम्बर की एक निश्चित तिथि को दिन-रात बराबर होने के बाद दिन घटने और रात बढ़ने लगती है, वैसे ही उपेक्षा घटती गई और देखने में सरल और निरीह, पर वास्तव में चंचल और चपल युवती का जादुई प्रभाव बढ़ता चला गया।

युवती की बड़ी-बड़ी स्याह आंखें जो भाव व्यक्त कर रही थीं, वह एकाएक बदला और उसके साथ ही मुस्कान भी बदली। इससे पहले की मुस्कान चंचल और पैनी थी, और यह दूसरी मुस्कान स्निग्ध और आकर्षक थी। उसमें युवती के होंठों की सारी ताजगी, सारी मधुरता सिमट आई थी। नरेंद्र ने इस मुस्कान के आगे सहज ही में हथियार डाल दिए।

"बैठो, मुझे तुमसे बात करनी है।" नरेंद्र ने खुद बैठते हुए युवती को भी बैठने का संकेत किया।

सुभद्रा और त्यागराज दोनों उस समय घर में नहीं थे। शायद किसी मीटिंग अथवा पार्टी में गए हुए थे। बाहर अंधेरा और कमरे के भीतर बिजली का प्रकाश था।

नटराज की कांस्य मूर्ति के दायें-बायें वे दोनों आमने-सामने बैठे थे। कुछ क्षण मौन के बीते क्योंकि वे चुपचाप एक-दूसरे की ओर देखते रहे थे।

"कहो।" युवती के होंठ हिले और ठुड्डी के नीचे एक सुंदर चिबुक बन गया।

"मुझे तुम्हें पुकारने में बड़ी दिक्कत होती है।" नरेंद्र ने बात शुरू की।

"इसलिए कि मेरा कोई नाम नहीं है।"

नरेंद्र चौंका, लेकिन ऊपर से स्थिर रहा।

"हां। तुम्हें अपना पिछला नाम भूल गया है। और कोई दूसरा नाम रख दिया जाए तो..."

मुझे कोई आपत्ति नहीं।" युवती ने उत्तर दिया और ठोड़ी पर हथेली रखकर नरेंद्र की ओर देखने लगी। पर उसे चुप देखकर फिर बोली, "तुम्हें जो नाम पसन्द हो, खुशी से रख लो।"

"मेरी ही पसंद क्यों, तुम्हारी अपनी पसंद भी तो कुछ होगी।"

"मेरी पसंद !" युवती विद्र प भाव से मुस्कराई, "जब वही नाम याद नहीं आ रहा जो माता-पिता ने बड़ी साध से रखा था, जिसके साथ प्रियजनों की स्मृति जुड़ी हुई थी और जिसने अब तक जिंदगी का साथ दिया था, तो अब मेरी पसंद क्या होगी ! मेरी पसंद उस नाम के साथ खत्म हो गई।" उसने गहरा निःश्वास छोड़ा।

युवती का खिला हुआ चेहरा उदास पड़ गया। लगभग वही हालत हो गई जो किदवई नगर में युवती का शव मिलने की खबर सुनकर हई थी। नरेंद्र को अफसोस हुआ कि वह बार-बार ऐसी बात क्यों छेड़ देता है, जिससे युवती के मन को आघात पहुंचता है।

कुछ क्षण मौन के बीते। दोनों विक्षुब्ध-सा महसूस कर रहे थे, जैसे वातावरण में पत्थर के कोयले का कड़वा धुआं भर गया हो।

"हमारे देश में वैसे भी रिवाज है।" नरेंद्र ने निस्तब्धता को भंग किया, "लड़की जब ब्याही जाती है तो ससुराल में उसका दूसरा नाम रख लिया जाता है।" नरेंद्र ने रिवाज की यह बात कह तो दी मगर इसमें 'ससुराल' शब्द ने उसे चौंका दिया और वह युवती से नज़रें हटाकर नटराज की ओर देखता हुआ बोला, "मेरा मतलब है..."

"नाम बदल लेने में कोई बुराई नहीं," युवती ने उसके मुंह की बात छीन ली और वह जो कुछ क्षण पहले इतनी उदास थी, सहसा खिलखिलाकर हंस पड़ी।

नरेंद्र ठगा-सा उसके मुख की ओर देखने लगा। धुएं का स्थान इस खिलखिलाहट ने ले लिया और वातावरण में सांस लेना सहज हो गया।

"तुमने रिवाज की बात तो कह दी; पर यह भूल गए कि दूसरा नाम रखते समय लड़की की पसंद कोई नहीं पूछता।"

युवती के इस तर्क पर नरेंद्र मुस्कराया। भद्रसेन की उपमा के आधार पर उसने नाम पहले ही सोच लिया था और अब उसे कहने का साहस बटोरा।

"तुम्हें अगर मधु नाम से पुकारा जाए तो कैसा रहे?"

"मधु नाम भी अच्छा है।" युवती ने धीरे से गर्दन हिलाई, "वैसे नीरा, निर्मला, निशा, निरूपा या सरोज क्यों नहीं?"

'मधु' से युवती को अपना 'मीना' नाम स्मरण हो आता था, जिससे उसने छुटकारा पा लिया था और वह दोबारा किसी भी नाम के बंधन में पड़ना नहीं चाहती थी। इसलिए एक ही स्वर में इतने नाम एकसाथ गिनवा देने से उसका तात्पर्य नामों की व्यर्थता सिद्ध करना था और वह यह भी चाहती थी कि नरेंद्र अगर अपनी सुविधा के लिए उसका कोई दूसरा नाम रख लेना ज़रूरी समझता है तो वह 'म' के बजाय 'न' या 'स' किसी दूसरे अक्षर से शुरू हो तो अच्छा है।

"यों तो नीरा या निरूपा ही क्यों, सुषमा, दीपा, दमयंती, दुनिया भर के नाम हैं। नामों की क्या कमी है? पर तुम्हारे इतने सारे नाम एकसाथ कैसे

रखे जाएं ?"

नरेंद्र अब स्वस्थ था। वह युवती की ओर देखते हुए सानंद मुस्कराया।

"दोनों बहुत खुश हो, क्या कोई नई बात हो गई ?"

सुभद्रा की आवाज ने युवती और नरेंद्र दोनों को चौंका दिया। वे हड़बड़ाकर उठ खड़े हुए।

"बैठो।" सुभद्रा ने खुद सोफे पर बैठते हुए उन्हें भी बैठने का इशारा किया।

"पिताजी क्या अभी नहीं आए ?" नरेंद्र ने मां से पूछा।

"वह अपने कमरे में हैं।" उत्तर मिला।

"नई बात यह हुई है," नरेंद्र ने युवती की ओर देखा और फिर आगे कहा, "मैंने इनका नामकरण कर दिया है। आपको पुकारने में सुविधा रहेगी।"

"मैं तो इसे बेटी कहकर पुकारती हूं और आगे भी 'बेटी' कह कर पुकारूंगी।" सुभद्रा ने स्नेह और वात्सल्यभरी दृष्टि युवती पर डाली और फिर नरेंद्र की ओर पलटकर पूछा, "हां, क्या नाम रखा है ?"

"मधु।"

"देखिए मांजी, ऐसा नाम रख दिया जो मुझे बिल्कुल पसंद नहीं।" युवती ने कंधे इस अंदाज से झटके कि सुभद्रा को वह शिकायत की बजाय समर्थन जान पड़ा।

"बेटी, मुझे विश्वास है कि तुम जो नाम भूल गई हो, वह भी 'मधु' होगा। तुम्हारे लिए यह नाम बहुत ही उपयुक्त है।"

'मेरा नाम मधु नहीं, 'मीना' था—मीना। युवती ने अपने मन में कहा, पर वह प्रत्यक्ष बोली, "मांजी, छोडिए पिछली बातें। जो याद ही नहीं, उसकी चर्चा व्यर्थ है।"

"समझ लीजिए, इनका यह नया जन्म है और मधु नाम भी नया है।" नरेंद्र ने युवती की ओर देखते हुए मां से कहा।

"मेरा यह नया जन्म इस घर में हुआ है और मुझे अब आजीवन यहीं रहना है।"

युवती ने 'यहीं 'पर विशेष बल दिया। वह और नरेंद्र दोनों हंसे। सुभद्रा उन्हें देख-देखकर मुस्कराती रहीं।

8

मधु अर्थात् युवती नहाकर लौटी थी । अब वह अपने कमरे में आदमकद आईने के सामने खड़ी गीले केश झटक रही थी और बुदबुदा रही थी:

"यह कैसी दुनिया है ! बिना नामों के जैसे उसका काम ही नहीं चलता। मैंने एक नाम को दफनाया और यह दूसरा नाम जबरदस्ती मुझपर चस्पां कर दिया गया। नहीं, मेरा कोई नाम नहीं। मैं इसे भी झटक दूंगी। मैं न मीना थी और न मधु। मैं हूं नारी—सम्पूर्ण नारी, जिसमें पुरुषों को वश में करने की अद्भुत शक्ति है।" उसने अपने-आपको आईने में देखा। दायां हाथ बालों को झटकने की प्रक्रिया में उठकर रुक गया था और आंखें यों फैली हुई थीं जैसे समस्त शक्ति उनमें सिमट आई हो । उसने केशों को ज़ोर-ज़ोर से झटका और फिर बुदबुदाई, "यह नरेंद्र जो कल तक बड़ा ऐंठता था, मोम की नाक बन गया है—मोम की नाक।" वह मुस्कराई और बालों को फिर झटका, "निरा लल्लूराम । नामकरण तो मैंने तेरा किया है, तू क्या मेरा नामकरण करेगा ! मैं हूं सम्पूर्ण नारी। हा हा हा—सम्पूर्ण नारी !"

वह जोर-जोर से बालों को झटक रही थी और विजयोल्लास में भरकर 'हा हा हा' हंस रही थी । खूब हंस लेने के बाद उसने अपना आप आईन में देखा, कुछ देर स्थिर खड़ी देखती रही । "मैं हूं सम्पूर्ण नारीसम्पूर्ण नारी।" उसने केशों को झटकते हुए दोहराया और फिर अपने-आप से आंखमिचौली का खेल खेलना शुरू कर दिया। घनी लम्बी पलकें

झुकाकर वह कभी अपनी परछाईं को अपने से छिपा लेती थी और कभी पलकें उठाकर देखने लगती थी तो देखती रहती थी। उसके होंठ यों हिल रहे थे, जैसे कह रही हो, 'देखो, मैंने तुम्हें पकड़ लिया है। अपने से आंख-मिचौनी का यह खेल भी शायद उसके सम्पूर्ण नारी होने ही का एक लक्षण था क्योंकि इसके अंत में वह सानंद मुस्कराई और एक भरपूर दृष्टि अपने-आपपर डाली।

"आपकी चाय।"

"ओह. पानसिंह ! " युवती ने पलटकर उसकी ओर देखा और आदेश दिया, "चाय तुम यहीं ले आओ।"

आधे-आधे बाल दायें और बायें कंधे पर से आगे लाकर दोनों हाथों में थामे। बारी-बारी एक दृष्टि दोनों हाथों की केश राशि पर डाली और फिर होंठों को सुंदर सपुट बनाकर अपने को आईने में देखने लगी। उसे अपना-आप अत्यन्त मोहक लगा।

"सम्पूर्ण नारी ! सम्पूर्ण नारी !!" फिरकी के सदृश अपने गिर्द घूमते हुए वह सस्वर गुनगुनाई।

पानसिंह ने सुना। वह ट्रे थामे देहरी पर रुक गया।

"आ जाओ और चाय रख दो।"

उसने भीतर आकर चाय मेज पर रख दी। लेकिन जब वह लौटने लगा तो मधु अर्थात् युवती ने आदेश दिया,"रुको !"

पानसिंह पलटकर युवती की ओर देखने लगा।

"तुम्हें मेरा नाम मालूम है ?" युवती ने एक मृदु मुस्कान उसकी ओर फेंकी।

"नहीं।" पानसिंह ने इनकार में सिर हिलाया।

"तब तुम क्या कहकर पुकारोगे मुझे ?"

"छोटी बीबीजी।" उत्तर मिला।

"छोटी बीबीजी, मधु, मीना ! हा हा हा ! मीना, मधु, छोटी बीबी जी। सुनो पानसिंह।"

पानसिंह सिर से पांव तक कान बना सुन रहा था और विस्मय से भरा युवती की ओर देख रहा था।

"मेरा नाम है संपूर्ण नारी। समझा ?"

पानसिंह कुछ भी समझ नहीं पाया। वह हतप्रभ-सा सिर खुजलाने लगा।

"सम्पूर्ण नारी नाम सुना है ?"

"नहीं।"

"किसी सम्पूर्ण नारी को देखा है ?"

"नहीं।"

पानसिंह यंत्रवत् बोल रहा था, जैसे युवती ने उसपर मोहिनी मंत्र फूंक दिया हो।

"तुम्हारे देस में कोई ऐसी लड़की है, जिससे तुमने प्रेम किया हो?"

"नहीं।"

"प्रेम करना जानते हो ?"

पानसिंह फिर उखड़ गया और चुपचाप सिर खुजलाने लगा। "तब तुम किसलिए भाग खड़े होते हो ? क्या करोगे अपने घर जाकर ?"

युवती ने फिर पूछा, और पानसिंह विमूढ़ बना उसकी ओर देखता रहा।

पानसिंह की उम्र इस समय इक्कीस-बाईस बरस थी। लेकिन कद छोटा, शरीर इकहरा और चेहरे पर बालसुलभ भोलापन था, इसलिए सत्रह-अठारह से अधिक का दिखाई नहीं पड़ता था। कांगड़ा की अपनी हरी-भरी विशाल धरती उससे तभी छूट गई थी, जब उसकी आयु सिर्फ दस-ग्यारह बरस थी और वह दिल्ली आकर घरेलू नौकर का काम करने लगा था। सुभद्रा और डा० त्यागराज को उसपर पूरा भरोसा था। वे उसे बीस-तीस रुपये देकर फल, सब्जी और ज़रूरत की दूसरी चीजें एक कागज़ पर लिखकर बाजार भेज देते तो वह सारा सामान साफ-सुथरा और नापतोल में पूरा खरीद लाता था। दूसरे नौकरों की तरह उसपर कभी चार आने की भी हेरा-फेरी का संदेह नहीं हुआ था। कई बार डा० त्यागराज सपरिवार कहीं बाहर चले जाते थे तो पानसिंह अकेला कोठी पर रह जाता था। वह कोठी की रखवाली करता था और पेड़-पौधों को सींचता था।

त्यागराज घर को जैसा साफ-सुथरा छोड़कर जाते थे, लौटकर वैसा ही साफ-सुथरा पाते थे।

उसकी तनख्वाह हर महीने घर चली जाती थी। उसे रोटी-कपड़ा और ज़रूरत की दूसरी चीजें यहीं से मिल जाती थीं। वह इतने ही में खुश था। सुभद्रा और त्यागराज भी खुश थे। पर कभी-कभी पानसिंह के मन में कुछ ऐसा भयंकर उब्राल उठता था कि वह खूंटे पर बंधे अल्हड़ बछड़े की तरह रस्सा तोड़कर भाग खड़ा होता था। उसका बड़ा भाई सीतू भी नई दिल्ली की किसी कोठी में यही काम करता था। वह उसके पास चला जाता था। तब उसे चाहे कितना ही समझाया जाता, वह एक ही रट लगाए रहता था, "मैं यहां नहीं रहूंगी, मुझे घर जाना है।"

वह घर कभी गया नहीं था, लेकिन सब काम छोड़-छाड़कर यों ही इधर-उधर घूमता रहता था और चार-पांच दिन के बाद अपने-आप ही लौट आता था। फिर सब सामान्य हो जाता था और उसे काम में लगे देख यह सोच पाना सम्भव नहीं था कि उसके मन में भी कभी विद्रोह की भावना उत्पन्न हो सकती है।

मधु अर्थात् युवती के इस घर में आने के पंद्रह-सोलह दिन बाद पानसिंह के मन में एक बार ऐसा ही उबाल उठा था। वह तभी जान गई थी कि यह उसका स्वभाव है और सभद्रा इसीलिए पैसे और छुट्टी देकर उसे बीच-बीच में घूमने-फिरने और तफरीह करने भेज दिया करती है।

"बड़ा विचित्र प्राणी है।" सारी बात सुनने के बाद युवती को बड़ा आश्चर्य हुआ था और वह पानसिंह के भोले-भाले निरीह मुख की ओर ताकती रह गई थी। उसे विश्वास नहीं हो रहा था कि इस व्यक्ति के मन में भी कहीं विद्रोह की चिंगारी छिपी हुई है और उसकी आत्मा भी बंधनों को तोड़कर भाग जाने के लिए व्यग्र हो उठती है।

युवती इस विद्रोही तत्त्व की टोह लेना चाहती थी। तभी उसने पूछा था, 'क्या तुम्हारे देस में कोई ऐसी लड़की है, जिससे तुमने प्रेम किया हो? क्या तुम प्रेम करना जानते हो ?' पर सिर खुजलाता हुआ निरुत्तर पानसिंह पहले से भी अधिक निरीह और मासूम जान पड़ा। युवती का विस्मय और बढ़ा और उसने पूछा, "तुम घर क्यों जाना चाहते हो? तुम्हें यहां क्या

तकलीफ है ?"

अपनी तकलीफ पानसिंह खुद नहीं समझ पाया था। वह नहीं जानता था कि कांगड़ा की हरी-भरी विशाल धरती उसे रह-रहकर पुकारा करती है। इस हरी-भरी धरती पर ज्वालामुखी धधक रहा है। ज्वालामुखी का एक टुकड़ा कहीं उसकी देह में भी रखा हुआ है। यह टुकड़ा उस विशाल ज्वालामुखी से जा मिलने के लिए तड़प उठता है, जिसका वह एक प्राकृतिक अंग है और जिसे पहाड़ी धरती के लाल सदियों से पूजते आए हैं। क्या वह उससे मिल नहीं पाएगा? हमेशा अलग ही रहेगा ? यह अलगाव पानसिंह की आत्मा को सालता रहता है। अपनी धरती—अपने ज्वालामुखी से अलग होकर उसका व्यक्तित्व धूल में मिलता जा रहा है। उसे अक्सर 'पन्नू' अथवा 'मुंडू' कहकर पुकारा जाता है। पानसिंह चाहे समझ न पाए, कह न सके, पर व्यक्तित्व के मिटने की तकलीफ क्या मनुष्य कभी सहन कर सकता है ? इस तकलीफ का विद्रोह में बदल जाना, लावा बनकर फूट पड़ना स्वाभाविक है। धरती के इन लालों ने अपनी इस तकलीफ को जाने कितनी मर्तबा भयंकर ज्वाला का रूप दिया है, व्यक्तित्व की रक्षा के लिए जाने आज तक कितने विद्रोह किए हैं, व्यक्तित्व कुचलने वालों के विरुद्ध वे बराबर संघर्ष करते आए हैं। जब तक उस हरी-भरी विशाल धरती पर ज्वालामुखी धधकता रहेगा, घोर दरिद्रता के बावजूद विद्रोह की आग का शान्त होना और संघर्ष की परंपरा का मिट जाना सम्भव नहीं है।

इन विद्रोहों का इतिहास बहुत लम्बा है, जिसे किसीने आज तक न समझने का प्रयास किया और न लिखने का। फिर भला पानसिंह उसे कैसे बता पाता और युवती भी उसे कैसे समझ पाती? परिणाम यह कि पानसिंह निरीह और निरुत्तर युवती की ओर और युवती आश्चर्यचकित और विस्मय-विमूढ़-सी पानसिंह की ओर ताकती रही।

"अच्छा, तुम जाओ।" युवती ने उसे आदेश दिया।

पानसिंह चुपचाप लौट आया। मधु अर्थात् युवती स्थिर और अवाक् उसे देखती रही। आखिर बालों को एक झटके के साथ पीछे फेंकती हुई वह बुदबुदाई, "तू भी एक पहेली, मैं भी एक पहेली।"

कंधे पर रखे तौलिये से उसने अपना चेहरा पोंछा क्योंकि गीले केशों को झटकते हुए कुछ बूंदें उसपर आ पड़ी थीं।

चाय पीते समय भी वह अपनी और पानसिंह की बात सोचती रही, अपने प्रश्नों को मन ही मन दोहराती रही और अंत में खाली प्याला मेज पर रखते हुए सस्वर बोली :

"दरअसल यह दुनिया ही एक पहेली है। जो इसे बूझे वह नादान और जो न बूझे वह भी नादान।"

9

फरवरी का महीना बीत रहा था। सर्दी जोबन पर आई और फिर ढलने लगी। मधु अर्थात् युवती अब डाक्टर परिवार की एक सदस्या थी। छ: महीने से ऊपर हो गए, न उसकी स्मृति लौटी और न किसी उपाय से पीछे की खोज-खबर मिली। युवती ने अब इसी घर को अपना घर बना लिया था। त्यागराज और नरेंद्र के मुलाकाती आते थे तो सुभद्रा की जगह वह उनका स्वागत करती थी और अपने हाथ से चाय बनाकर देती थी। त्यागराज के विद्वान अतिथियों और मित्रों की बातें वह चुपचाप सुना करती थी। जब बहुत आवश्यक होता था तभी बोलती थी और सभी उसकी शिष्टता और विनम्रता से प्रसन्न होकर लौटते थे। लेकिन नरेंद्र के युवा मित्रों की महफिल में उसका दूसरा ही रूप देखने में आता था। तब वह एक चिड़िया के सदृश चहकती, हास-परिहास और चुटकुलबाजी में किसी तरह पीछे नहीं रहती थी। वह न सिर्फ दूसरों पर फब्ती कसकर खुश होती थी बल्कि फब्ती जब खुद उसपर कसी जाती थी तब भी वह खुश होती और सानंद मुस्कराती थी। मित्र-मंडली प्रसन्न होकर लौटती, युवती की मुखमुद्रा, उसकी निश्छल हंसी और उसके तीखे-चुस्त वाक्य याद आ-आकर उनके मन को गदगुदाया करते थे।

"मैं अपनी तरफ से निमंत्रित करता हूं, इस इतवार की काफी नरेंद्र के घर होगी।"

"वाह, मधु के हाथ की काफी ! मजा आ जाएगा।"

"अबे घनचक्कर, वैसे ही मजा ले रहे हो। पहले नरेंद्र बाबू से तो

पूछो। वह हामी भरे तब ना।"

"जब मैंने तुम्हें कह दिया तो समझो, निमंत्रण पक्का। क्यों नरेंद्र, में ठीक कह रहा हूं ना?"

"तुम कहो और वह ठीक न हो, यह कैसे सम्भव है ?"

नरेंद्र मुस्कराते हुए हामी भरता और उसके साथी-मित्र 'थ्री चीयर्स फार नरेंद्र' के उद्घोष के साथ ताली पीट देते।

"थ्री चीयर्स फार सुरेश, जिसने तुम्हें निमंत्रित किया है।" सुरेश छाती पर अंगुली रखकर अपने को इंगित करता!

और थ्री चीयर्स फार मधु जिसके हाथ की काफी बोतल का नशा है।"

सम्मिलित स्वर सुनाई पड़ता और फिर सम्मिलित कहकहों की बाढ़सी आ जाती।

शुरू-शुरू में सहकारियों की चुहलबाजी नरेंद्र को भी अच्छी लगती थी और उनके कहकहों से मन प्रसन्न होता था। पर धीरे-धीरे चुहलबाजी छेड़खानी में बदल गई, कहकहों से विद्रूप की दुर्गंध आने लगी और वे उसके मन पर फूलों में छिपे बिच्छुओं की तरह डंक प्रहार करने लगे।

सहकारियों में सुरेश नरेंद्र पर अपना सबसे ज्यादा अधिकार समझता था। उसने एक दिन यों ही जिज्ञासावश पूछा था, "यह मधु कौन है ? क्या तुम्हारी कोई रिश्तेदार है ?"

"रिश्तेदार तो नहीं, पर अब रिश्तेदारों से भी ज्यादा है।" नरेंद्र ने सहज स्वभाव से उत्तर दिया था। बात जब चल पड़ी तो यह भी बताया कि मधु नाम की यह युवती कैसे सड़क पर बेहोश मिली थी, कैसे वे उठाकर कोठी पर लाए थे और जब बेहोशी टूटी तो उसे अपना नाम तक याद नहीं था, वह अपनी स्मृति खो चुकी थी। उसका मधु नाम भी मैंने ही रखा है।" पूरी कहानी सना देने के बाद नरेंद्र ने सगर्व कहा था।

सुरेश का रंग सांवला और गाल कचौरी के सदृश फूले हुए थे, शरीर स्थूल और कद नाटा होने के कारण वह मुगदर-सा दिखाई पड़ता था। लेकिन वह व्यावसायिक बुद्धि का विनोदप्रिय व्यक्ति था। नरेंद्र जब स्वस्तिका लिमिटेड में आया तो सुरेश बड़े तपाक से मिला और उसके

साथ पहले ही दिन दोस्ती गांठ ली। कारण यह कि मित्रों की संख्या बढ़ाने और लोकप्रिय बनने में उसकी विशेष दिलचस्पी थी। नरेंद्र को उसका व्यवहार पसंद आया। उसने भी दोस्ती निभाई और वह धीरे-धीरे करीब आता चला गया। लेकिन कई बार करंट-सा लगता और वह एकाएक दूर हट जाता। तब उसे सुरेश में और अपने में एक ऐसा फासला महसूस होता, जिसे तय कर लेना उसके वश में नहीं था। दरअसल यह फासला सुरेश के और उसके जन्मगत संस्कारों का अंतर था। सुरेश का पालन-पोषण जिस परिवार और वातावरण में हुआ था, वह नरद्र के अपने परिवार और वातावरण से एकदम भिन्न था। सुरेश का संबंध एक ऐसे परिवार से था जो भारतीय होकर भी 'भारतीय' नहीं था, जिसने आज से लगभग एक सदी पहले अंग्रेज के भारत आने को वरदान और देश के पश्चिमीकरण को एकमात्र कल्याण समझ लिया था, ब्रिटिश राज ही में इन लोगों का एक अलग समाज बन गया था, जो होटलों, क्लबों और पार्टियों का समाज था। भोगवाद उनका जीवन दर्शन और 'इस दुनिया का झूठ सच और सच झूठ हैं' कहने वाला नीत्शे उनका सबसे बड़ा इंटेलेक्चुअल था। उन्हें न अतीत से प्यार था और न भविष्य की चिंता। सुरेश को जो कुछ विरासत में मिला था, उसका सारांश यही था कि कल की चिंता व्यर्थ है, आज अगर अच्छा है तो समझ लो कल भी अच्छा होगा। उसका शरीर ही स्थूल नहीं, भाव और विचार भी स्थूल थे। मनोरंजन का स्तर यह था कि अवैध रूप से आयात होने वाली ब्लू फिल्में न सिर्फ उसे और परिवार के दूसरे लोगों को बेहद पसंद थीं बल्कि वे मित्रों को भी घर पर बुलाकर दिखाया करता था। लेकिन सुरेश को इन फिल्मों से जितना रस मिलता था, नरेंद्र को उतनी ही वितृष्णा हुई थी।

स्वस्तिका लिमिटिड में सहकारी और कहने को मित्र होते हुए भी सुरेश और नरेंद्र में रुचि का जो यह संस्कारगत अंतर था, वह कई बार मनमुटाव का कारण बन जाता था। नरेंद्र जानता था कि सुरेश के मन में किसी प्रकार का छल, कपट या द्वेष नहीं है और वह सचमुच दोस्तों का दोस्त है, फिर भी नरेंद्र उसके व्यवहार और उसकी बातचीत से कई बार इतना चिढ़ जाता था कि आइंदा इस व्यक्ति से कोई भी संबंध न रखने का निश्चय कर लेता था।

लेकिन दूसरे ही दिन सुरेश जब 'हैलो डार्लिंग' कहते हुए हाथ आगे बढ़ाता तो नरेंद्र सारे शिकवे-गिले भूल जाता था और उसके साथ फिर से घी-शक्कर हो जाता था।

अब जब उसने मधु की बात छेड़ी तो नरेंद्र ने उससे कुछ छिपाया नहीं और न ही छिपाने की ज़रूरत समझी। सीधी-सच्ची बात जैसी थी वैसी कह सुनाई, पर सुरेश ने जब उसी बात को बढ़ा-चढ़ाकर और नमकमिर्च लगाकर अपने ही ढंग से बयान किया तो वह फैक्टरी भर में चर्चा और मनोरंजन का विषय बन गई।

"सुना तुमने, यह नरेंद्र बड़ा शरीफ बनता है ?"

"क्यों, क्या कुछ गोलमाल पकड़ा गया है ?"

"एकदम छिपा रुस्तम निकला। हम फिल्म जाने को कहते हैं तो वह नाक-भौं चढ़ाकर उत्तर देता है, मैं ऐसी वाहियात फिल्में नहीं देखता। औरत के जिस रूप पर तुम लोग लट्टू हो, मुझे उससे सख्त घृणा है..."

"बड़ा ब्रह्मचारी बनता है और कहता है कि मैं शादी नहीं करूंगा।"

"उसे शादी की ज़रूरत ही क्या है ! बिना शादी किए ही एक लाजवाब चीज़ घर में रख छोड़ी है।"

"अच्छा ! उसे देखा है तुमने ?"

"देखा नहीं तो क्या, सुना तो ...है। वही मधु जो बढ़िया काफी बनाकर पिलाती है, दोस्तों की महफिल में बुलबुल की तरह चहकती है, उसे नरेंद्र ने रखैल बना रखा है।"

"हैं ? रखैल ?"

"हां, रखैल। विश्वास न हो तो यह आ गए नरेंद्र बाबू, खुद इन्हीं से पूछ लीजिए।"

सुबह-सुबह दफ्तर का काम शुरू होने से पहले सहकारियों में ये बातें हो रही थीं। इतने में नरेंद्र भी आ पहुंचा और सबकी प्रश्नसूचक दृष्टि उसकी ओर उठ गई।

"सुनाओ भाई, क्या हाल है तुम्हारी उस मुर्गी का?" उसी सहकारी ने पूछा, जिसने आते ही बात शुरू की थी।

नरेंद्र अवाक्-सा उसके मुख की ओर देखने लगा, जैसे उसे बिजली

का करेंट छू गया हो।

"देखा, चोरी पकड़े जाने पर चोर इसी प्रकार चौंकता है।" लम्बूतरे चेहरे और सुडौल शरीर का वह व्यक्ति विद्रू प भाव से मुस्कराया।

"क्या बात है ? कैसी मुर्गी, कैसी चोरी ?"

नरेंद्र के स्वर में घबराहट थी और आक्रोश भी।

"यार, खफा क्यों होते हो? उसी युवती की बात है, जो काफी एकदम बढ़िया बनाती है और जिसका नाम तुमने मधु रख छोड़ा है।"

उत्तर सुरेश ने दिया और उसने सहकारियों पर जो डाली, वह नरेंद्र के मन में कांटे की तरह चुभ गई।

"मधु को मुर्गो कहने का क्या मतलब ?" नरेंद्र की भवें तन गई।

"मेरे दोस्त, खुद तुम्हीं ने तो बताया था कि वह तुम्हारी रिश्तेदार नहीं, पर अब रिश्तेदार से भी ज्यादा है।" सुरेश ने नरेंद्र ही की बात दोहराई और आगे कहा, " 'इस रिश्तेदार से भी ज्यादा' का मतलब क्या हो सकता है, यह तुम खुद समझ लो। पढ़े-लिखे आदमी हो, इंजीनियरिंग पास कर रखी है।"

सबके सम्मिलित ठहाके से दफ्तर की दीवारें हिल गईं। नरेंद्र की हालत शिकारियों से घिरे उस जंगली हिरण जैसी थी, जिसके लिए भागने के सभी रास्ते बंद कर दिए गए हों। उसने सुरेश की ओर शिकायतभरी निगाहों से देखा, जैसे कह रहा हो, 'यह तुम्हारा कैसा आचरण है ? तुमने तथ्यों को मिथ्या रूप दे दिया है। अगर इसी का नाम मित्रता है तो फिर शत्रुता किसे कहेंगे?' पर सुरेश को इन निगाहों की और उनमें भरी शिकायतों की तनिक भी परवाह नहीं थी। दूसरे लोगों की तरह उसे नरेंद्र को बनाने और उसे सटपटाते देखने में मजा आ रहा था। जीवन को एकदम सरस बनाने का ऐसा भी अवसर भाग्य ही से हाथ लगता है।

जिस समाज में कुत्सा ही प्रधान तत्त्व हो और जिसे उन लोगों ने जो अपने को शिक्षित कहते हैं, विशिष्ट गुण समझकर अपना रखा हो, उसमें हृदय की सूक्ष्म भावनाओं का, किसी एक व्यक्ति की सच्चरित्रता या पवित्रता का मूल्य ही क्या है ? भोंड़ा हास-परिहास उनका मानसिक भोजन बन चुका है, मक्खी को सुगंध से क्या प्रयोजन, वह गिलाजत खाती है और गिलाजत पर

बैठती है।

नरेंद्र पर दिन-प्रतिदिन किसी न किसी पहलू से व्यंग्य प्रहार होने लगे और दफ्तर में उसे दुर्गंध भरे कुत्सित अट्टहास का सामना करना पड़ता था। वह सटपटाकर रह जाता था, उससे न कुछ कहते बनता था और न करते बनता था। कई बार सोचा कि लम्बी छुट्टी ले ले और इस माहौल से दूर-बहुत दूर भाग जाए। पर छुट्टी समस्या का कोई समाधान नहीं थी। कौन कह सकता है कि जहां जाएगा, वहां भी यही माहौल नहीं होगा?

"यार ! ऐसी क्या नाराजगी है ? क्या अब काफी बिल्कुल नहीं पिलाओगे?" नरेंद्र चाहे चिढ़ गया था और खिंचा-खिंचा रहता था; पर सुरेश की मुख-मुद्रा पूर्ववत् खिली रहती थी और उसके आचरण में कुछ भी अंतर नहीं आया था।

"छोड़ो, इन बातों को। मैंने तुम्हारे जैसा आदमी नहीं देखा।" नरेंद्र ने आक्रोश व्यक्त किया और मुंह दूसरी ओर घुमा लिया।

सुरेश हंसा, खूब हंसा और वह अपने मुंह का पान थूक कर बोला, "दोस्त, तुमने यह सौ रुपये की बात कह दी। दुनिया में जब मेरे जैसा कोई दूसरा आदमी है ही नहीं तो तुम देखते कहां से?"

उसने गिले को हमेशा की तरह मज़ाक में उड़ा दिया। लेकिन नरेंद्र मुंह मोड़े बैठा रहा क्योंकि इस बार जो घाव लगा था, वह पहले से कहीं गहरा था।

"प्यारे, बताओ तो सही, आखिर ऐसी क्या गुस्ताखी हो गई कि तुम्हें हमारी शक्ल तक देखना गंवारा नहीं है ?" वह उठा और नरेंद्र की ठुड्डी पकड़कर उसे हिलाने लगा।

"छोड़ो भी।" नरेंद्र मुस्कराया।

"लो, छोड़ दिया। बताओ, बात क्या है ?"

"बात वही है जिसकी हर रोज चर्चा रहती है।" नरेंद्र ने धीरे-धीरे कहा। उसके स्वर में अब भी कटुता थी, "मैंने तुम्हें दोस्त समझा, पर तुमने मेरा लिए काटें बो दिए यह गुस्ताखी नहीं, गुस्ताखी से ज़्यादा है, मित्रद्रोह है। मैं समझा हूं, तुम किसी तरह भी विश्वास के योग्य नहीं हो।"

"अहा-हा!" सुरेश खिलखिलाकर हंस पड़ा।

वे दोनों ट्रैक्टर-इंजन के एक नये सैम्पल का निरीक्षण करके वर्कशाप से लौटे थे और सुरेश के कमरे में बैठे चाय पी रहे थे। सुरेश नरेंद्र का कंधा थपथपाते हुए कहता चला गया, "मेरे दोस्त ! तुममें यही कमी है कि तुम अपने-आपको माहौल के मुताबिक नहीं ढाल पाए। बेकार सोचते हो और जरा-सी बात मन को लगा लेते हो। वर्ना जब दूसरे हंसते हैं, तुम भी हंसो। 'जिंदगी जिंदादिली का नाम है' को अपना उसूल बना लो।"

"यह भी खूब रही कि मैं अपने-आपपर हंसूं ! भद्दी और फिजूल बातों पर खुश होकर दूसरों की नजर में तमाशा बनूं !"

"नरेंद्र, मेरी बात याद रखो। जिंदगी में कुछ भी फिजूल नहीं है। अगर तुमसे ज़रा-सा मजाक भी बर्दास्त नहीं होता, तो मर्द बनो और उस मधु नाम की युवती से शादी कर लो। सबके मुंह बंद हो जाएंगे।" वह एक क्षण रुका और नरेंद्र के कंधे पर कुहनी रखकर बोला, "तुम्हारे चिड़चिड़ेपन का भी यही एक इलाज है। फिर मधु जैसी युवती तुम्हारे हाथ इत्तिफाक से लग गई है। अपनी किस्मत को दुआएं दो। तुममें हिम्मत नहीं तो उससे पूछ लो, मैं हर जोखिम उठाकर दूसरी शादी करने को तैयार हूं

सुरेश मुस्कराया। इस मुस्कराहट में विद्रूप नहीं, एक ऐसे व्यक्ति का दर्प था, अपनी समझ-बूझ पर इतराना जिसका स्वभाव बन चुका है, जिसकी मोटी त्वचा में अहसास का कांटा न कभी चुभा है और न चुभने की सम्भावना है।

10

संगीत के बोल क्या हैं, इसका कोई महत्त्व नहीं, उसमें स्वर और ताल ही संगीत है। हृदयगत कोमल और सूक्ष्म भावनाओं के स्पर्श से जो मूक संगीत उत्पन्न होता है, उसीका एक दूसरा नाम उल्लास है। सुर-ताल की रचना भी इन्हीं भावनाओं को स्पर्श करने के उद्देश्य से हुई है। डा० त्यागराज आज बहुत प्रसन्न हैं। कारण यह कि कनाडा से उनके बड़े बेटे जनेंद्र का पत्र आया है। पत्र के साथ पप्पू और मिन्नी के फोटो आए हैं। दोनों बच्चे गोल-मटोल, सुंदर और स्वस्थ हैं। लिफाफे में एक छोटा पत्र पप्पू का लिखा हुआ है। उसने अपना 'पप्पू' नाम टेढ़े-मेढ़े अक्षरों में अपने हाथ से लिखा है और साथ ही यह भी लिखा है—'दादा को मेरी नमस्ते। मैं आपकी गोद में बैठकर आपसे बातें करूंगा।' पप्पू ने अभी साल-सवा साल पहले पढ़ना शुरू किया है। हिंदी शायद नलिनी ने उसे घर पर सिखाई है।

जनेंद्र बच्चों के फोटो साल में दो बार अवश्य भेजता है। दादा-दादी उन्हें फैमिली एलबम में लगा लेते हैं। इस एलबम का उनके लिए किसी भी धार्मिक ग्रन्थ से कहीं अधिक महत्त्व है। दोनों प्राणी इस एलबम को फुरसत के समय अक्सर ले बैठते हैं। उसमें लगी तस्वीरों को देख-देखकर खुश होते और मुस्कराते रहते हैं। इन तस्वीरों के देखनेमात्र से विरक्तता और जड़ता दूर हो जाती है और इस वृद्धावस्था में भी वे अपने भीतर ताजगी और स्फूर्ति अनुभव करने लगते हैं।

इतवार का दिन था और चार-पांच बजे का समय। डाक्टर परिवार

के सभी सदस्य और भद्रसेन ड्राइंगरूम में बैठे थे और यह एलबम उनके दरम्यान मेज पर रखा था। जनेन्द्र के खत को आए चार दिन हो चुके थे, पर इस समय उसीकी चर्चा चल रही थी, बच्चों और नलिनी के बारे में बातें हो रही थीं। इसी समय सोमनाथ सहगल नाम के एक परिचित व्यक्ति ने भीतर प्रवेश किया और वह आते ही बोला, "मौसम एकदम बदल गया है। बाहर शरीर को चीरकर निकल जाने वाली ठंडी हवा चल रही है।"

"शिमला में बर्फ पड़ी है और उसी से पूरे उत्तरी भारत में शीत लहर दौड़ गई है।" नरेंद्र ने बात में बात मिलाई।

"अक्सर ऐसा होता है। सर्दी जाते-जाते दो-चार दिन के लिए फिर लौट आती है।"

भद्रसेन ने अपना मत व्यक्त किया और हिमपात के कारण तापमान बदलने की वैज्ञानिक व्याख्या शुरू कर दी।

सहगल की उसमें रुचि नहीं थी। वह एलबम उठाकर उसमें लगे फोटो देखने लगा। भद्रसेन को अपनी बात बीच ही में छोड़ देनी पड़ी।

"पप्पू और मिन्नी के नये फोटो आए हैं, देखे आपने?" त्यागराज ने सहगल का ध्यान नये फोटुओं की ओर दिलाया। पिछले चार दिन से वह अपने हर मुलाकाती को ये फोटो दिखा रहे थे और उन्हींके बारे में बात कर रहे थे।

"बहुत सुंदर !" सहगल ने फोटो देखते हुए कहा, "मिन्नी ने भी खूब पोज बना रखा है। देखो तो सही, कैसे मुस्करा रही है ! अब तो वह चटर-पटर बोलती होगी।"

"डेढ़-दो साल की हो गई, बात क्यों नहीं करेगी। पर हम तो उनकी आवाज़ तक सुनने को तरस जाते हैं।" सुभद्रा ने हसरत-भरे स्वर में कहा और जाने क्यों गर्दन घुमा कर खिड़की में से बाहर ताकने लगीं।

वे सब सुभद्रा की ओर देख रहे थे और उनके अंतिम वाक्य को ध्वनित-प्रतिध्वनित होते हुए सुन रहे थे। यह वाक्य नहीं, संक्षिप्त महाकाव्य था, जिसमें मानव हृदय की कोमल सूक्ष्म भावनाएं संजो दी गई थीं।

"और यह पप्पू का खत है जो उसने अपने हाथ से लिखा है।"

त्यागराज ने पोते का नन्हा पत्र सहगल की ओर बढ़ा दिया। वह बच्चे की लिखावट और टेढ़े-मेढ़े अक्षरों को देखकर मुस्कराया और फिर पत्र पढ़कर बोला, "यह गोद में बैठने की बात पप्पू के मुंह से सुनी होती तो कैसी प्यारी लगती !"

"बच्चे की तोतली भाषा साधारण को भी असाधारण बना देती है। उसके मुख से निकला निरर्थक शब्द भी सार्थक बन जाता है—मधुर संगीत जान पड़ता है।"

जैसे पहले सुभद्रा की ओर देखा था, अब के सबने मधु अर्थात् युवती की ओर देखा। लेकिन देखने का भाव बदल गया था और दृष्टि भी बदल गई थी। वह एक शिशु के सदृश मुस्करा रही थी और उसके शब्द कानों में रस घोल रहे थे।

नरेंद्र जब युवती की ओर देख रहा था तो उसे हठात् अपने सहकारी सुरेश की बात स्मरण हो आई—'मर्द बनो और उससे शादी कर लो। तुम्हारे चिड़चिड़ेपन का भी यही एक इलाज है।'

"नरेंद्र, तुम क्या सोच रहे हो ? कहीं बहुत दूर चले गए जान पड़ते हो !" भद्रसेन ने उसकी ओर देखते हुए पूछा।

"यह महाशय शायद भाभी और बच्चों के पास कनाडा पहुंच गए हैं।" सहगल दूर की कौड़ी लाया और अपनी बात पर आप ही आप हंसने लगा। पर जब किसी दूसरे ने हंसी में साथ नहीं दिया तो वह डाक्टर त्यागराज की ओर पलटकर फिर बोला, "जनेंद्र को अपनी मातृभूमि की याद क्या बिलकुल नहीं आती? क्या वह कनाडा ही का नागरिक बन गया है ? क्या उसे स्वदेश लौट आने का खयाल ही नहीं आता?"

सोमनाथ सहगल एक स्थानीय कालेज में अर्थशास्त्र का प्राध्यापक था। रंग सांवला, होंठ मोटे, लम्बा-तंड़गा और ऊंचा डील-डौल। अगर वह शुरू ही से मुक्केबाजी का अभ्यास करता तो शायद आज इस कला के विश्व-विख्यात व्यक्ति मुहम्मद अली का प्रतिद्वंद्वी बन गया होता। डा० त्यागराज के पास वह हफ्ते में तीन-चार मर्तबा अवश्य आता था। जब वह विद्यार्थी था, तभी उनके निकट सम्पर्क में आया था और यह सम्पर्क उसके लिए प्राध्यापन के निजी क्षेत्र में और वामपक्षी विचारधारा के सार्वजनिक

क्षेत्र में हमेशा लाभदायक सिद्ध हुआ था। इसलिए सहगल के मन में डा० त्यागराज के प्रति भक्तिभाव से उसने तीनों प्रश्न ताबड़तोड़ यों हवा में उछाल दिए थे जैसे वह क्लास में अर्थशास्त्र के सिद्धान्त पढ़ाते समय एक के बाद एक रटे-रटाए वाक्य उछाला करता था। उसके चेहरे पर किसी प्रकार का उतार-चढ़ाव नहीं आया, वह पूर्ववत् रिक्त और शुष्क बना रहा।

पर डा० त्यागराज ने अपनी समूरी टोपी सिर से उतारी, उसे यों ही एक नजर देखा और दोबारा ओढ़ लिया। उनके हाथ कांप रहे थे और घुटने ज़ोर-ज़ोर से हिल रहे थे।

"जनेंद्र हमारा पहलोठी का बेटा है। नरेंद्र उसके सात-आठ बरस बाद पैदा हुआ था। हम दोनों उसे कितना चाहते थे, कितना प्यार करते थे! उसने जैसे वह सब कुछ भुला दिया है।" सुभद्र का गला रुंध आया और उन्होंने उसांस छोड़ी।

कुछ क्षण मौन के बीते। नरेंद्र कभी माता और कभी पिता की ओर देख रहा था। शायद वह मन में सोच रहा था कि मां को जहां जनेंद्र से शिकायत है, वहां उससे भी है। उसने मां की बात कब सुनी और कब उसकी भावनाओं का आदर किया?

"हम जिस युग में जी रहे हैं, उसमें पैसा प्रधान है। मनुष्य पैसे के लिए जाने कहां से कहां भागा फिरता है। जहां भी उसे अधिक पैसा मिल जाए, वहीं का होकर रह जाता है। उसे न फिर मां-बाप की चिंता रहती है और न देश की याद सताती है। पैसे ने मनुष्य का ऐसा साधारणीकरण किया है कि उसे एकदम 'रोबाट' बना दिया है।" डा० त्यागराज ने धीरे-धीरे कहा जब कि उनके घुटने अब भी ज़ोर-ज़ोर से हिल रहे थे।

"रोबाट!" युवती ने दोहराया और छाती पर बांहें कसकर ऐसी आकृति बनाई कि नरेंद्र, सहगल और भद्रसेन—तीनों के होंठों पर एक अजीब मुस्कराहट दौड़ गई। इस मुस्कराहट का संबंध मनुष्य से नहीं, उसके रोबाट रूप से था।

"जनेंद्र को पैसे की यहां भी क्या कमी थी? आप लोगों ने बहुत कमाया और खुद उसे भी हज़ार-डेढ़ हज़ार रुपये की नौकरी सहज में मिल जाती।"

सहगल बोला।

"कमी चाहे कुछ नहीं थी; पर एक ललक है। अंधी दौड़ लगी हुई है। उसमें प्रत्येक व्यक्ति दूसरे से आगे निकल जाना चाहता है।" भद्रसेन ने सहगल की बात का उत्तर दिया और नरेंद्र की ओर पलटकर आगे कहा, "इंजीनियर, डाक्टर, प्रोफेसर—जिसे देखो विदेश जाने के लिए उतावला है। उसे न देश की परवाह है और न किसी सगे-सम्बन्धी की। 'अगले-अगले खींच ले डोर, पिछले-पिछले ले गए चोर' का शोर मचा हुआ है।"

पानसिंह ने प्याले-प्लेटें लाकर मेज पर रखीं। युवती भी उठ खड़ी हुई। उसने काजू, बिस्कुट इत्यादि लाने में पानसिंह की सहायता की और चाय बनाकर सबके सामने रखी।

"अगर नरेंद्र शादी कर लेता, इसके बच्चे होते, तो जैसे अपने बच्चों में रमकर वह हमें भूल गया है, शायद हम भी उसे भूल जाते। उसके दूर चले जाने का हमें जो दुख है, वह न होता।" सुभद्रा ने आर्द्र स्वर में कहा। चाय की एक चुस्की ली और सबसे नजर हटाकर छत की ओर देखने लगीं।

"नरेंद्र, अब भी कुछ नहीं बिगड़ा। तुम अपनी बेकार की जिद छोड़ो और शादी कर लो। तुम्हें अपना ख्याल नहीं, तो मां-बाप ही का ख्याल करो और उन्हींकी खातिर यह कड़वा घूंट भर लो।"

सहगल 'कड़वा घूंट ' मुहावरे के प्रयोग पर प्राध्यापकीय अंदाज से मुस्कराया और दाद पाने के लिए उसने पहले नरेंद्र और फिर युवती की ओर देखा।

सहगल के इस अनायास देखने से भद्रसेन के मस्तिष्क में एक विचार कौंध गया और उसकी आंखों में बिजली-सी चमक उठी। उसने निचला होंठ दांतों तले दबाकर एक क्षण सोचा और फिर सुभद्रा की ओर देखते हुए बात शुरू की:

"सहगल ने बड़ा सुंदर सुझाव दिया है और मैं समझता हूं कि अगर नरेंद्र मान जाए तो मधु को भी कोई आपत्ति नहीं होगी।"

बात चाहे धीरे कही गई थी, पर सुनकर सभी चौंक गए, जैसे कांच की कोई भारी चीज गिरकर टूट गई हो, अथवा जैसे कोई विस्फोट हुआ हो। सबसे अधिक सुभद्रा चौंकी, जो कभी पति, कभी नरेंद्र और कभी मधु अर्थात

युवती की ओर देख रही थी।

"डाक्टर, हाथ मिलाओ। दरअसल मैं भी यही बात कहना चाहता था, पर कह नहीं पाया। यों कहो कि तुमने मेरे मुंह की बात छीन ली।" सहगल ने उत्साह में भरकर हाथ आगे बढ़ाया, जो भद्र सेन ने तपाक से थाम लिया, "अगर हम चिराग लेकर ढूंढने निकले, धरती के एक छोर से दूसरे छोर तक घूम आएं, तब भी मधु जैसी लड़की नहीं मिलेगी। आधुनिक, सुशील, शिक्षित—सभी गुण हैं उसमें। संयोग से जोड़ी बन गई है।"

सहगल खुशी से उछल पड़ा और प्लेट से एक काजू उठाकर मुंह में डाला।

"वाह, मामला है नरेंद्र और मधु का, जोड़ी तुम बना रहे हो। उनसे तो पूछ लो।"

भद्रसेन ने बात सहगल से कही, पर देख वह रहा था त्यागराज और सुभद्रा की ओर, जैसे जानना चाहता हो कि इस संबंध में उनका मत क्या है। लेकिन वे दोनों चप बैठे रहे थे।

"आजकल के लड़के-लड़कियों के सिर पर ब्याह न करने की जो सनक सवार है, उसे मैं संसार से विरक्ति—जिम्मेदारी से भागने की प्रवृत्ति समझती हूं, जो इसी साधारणीकरण का परिणाम है।" सुभद्रा ने प्याला मेज पर रख दिया और मधु के मुख पर दृष्टि केंद्रित करके पूछा, "क्यों बेटी, तुम्हारा क्या विचार है ? क्या मैं गलत कह रही हूं ?"

युवती से कोई उत्तर देते न बन पड़ा। उसने लजाकर आंखें झुका ली।

"चुप्पी का मतलब है सहमति। नरेंद्र, तुम बताओ, तुम्हारा क्या विचार है ?" सहगल ने मेज थपथपाई।

नरेंद्र असमंजस में पड़ा सोच रहा था कि उधर दफ्तर में खिल्ली उड़ती है और इधर उसके विवाह न करने को व्यर्थ की हठ बताया जा रहा है। जिस प्रतिज्ञा के कारण मां-बाप दुखी हैं और खुद उसे दम्भी और सनकी समझा जा रहा है, ऐसी प्रतिज्ञा से क्या लाभ ? रहा मधु का सवाल, सभी उसकी प्रशंसा करते हैं और सभी चाहते हैं कि मेरा और उसका विवाह हो जाए और वह इस

घर की पुत्रवधू बने।

सहगल ने जब मेज थपथपाई, नरेंद्र सहसा अपनी सोच में से उभरा और अपने को सीधा खींचकर बोल उठा :

"मुझे कोई आपत्ति नहीं बशर्ते कि ..."

और वह वाक्य अधूरा छोड़कर मधु अर्थात् युवती की ओर देखने लगा।

युवती कब चूकने वाली थी। उसकी नई भूमिका का यह चरम बिंदु था और वह पहले ही से इस अवसर का इंतजार कर रही थी। उसने गर्दन ऊपर उठाकर दृढ़ निश्चय के स्वर में कहा, "मुझे कोई आपत्ति नहीं बशर्ते कि मांजी और पिताजी को कोई आपत्ति न हो।"

त्यागराज और सुभद्रा को क्या आपत्ति हो सकती थी ! उन्होंने मधु को इतने दिनों में भली भांति देख-परख लिया था, वे उसकी व्यवहार-कुशलता से प्रसन्न थे और सबसे बड़ी प्रसन्नता यह थी कि नरेंद्र का ब्याह देखने की चिराकांक्षा पूरी हो रही थी। दोनों की बूढ़ी आंखें चमक उठीं और चेहरे खिल गए।

11

नरेंद्र का विवाह किसी धार्मिक रीति के बजाय उस आधुनिक पद्धति से हआ, जिसे 'सिविल मैरेज' कहते हैं। उसने फक्टरी से एक महीने की छुट्टी ले ली और वह नवविवाहिता पत्नी को साथ लेकर कश्मीर चला गया। लगभग दो हफ्ते श्रीनगर में बिताए। रिहाइश का प्रबंध हाउस बोट में किया था। कश्मीर की एक सुन्दर उपत्यका में जहां जेहलम नदी नगर के बीचोंबीच बल खाती हुई बह रही है, डल झील दूर क्षितिज तक फैली हई है और पर्वतों की आकाशचुम्बी चोटियों पर पल-पल प्राकृति बदलने वाले बादल मंडराया करते हैं, वहां हनीमून मनाने में कितना सुख, कितना आनंद था ! वे कभी डोंगे में बैठकर झील की सैर करते, उसके नीले स्वच्छ पानी में उठी हुई लम्बी-लम्बी घास से खेलते, कभी जगली हिरण-हिरणी के सदृश चौकड़ियां भरते हुए पहाड़ों पर चढ़ते-उतरते और कभी चिनार की छांह में हरी-हरी कोमल घास पर आमने-सामने अध-लेटे भविष्य की योजनाएं बनाते और मधुर स्वप्न देखते थे। वे हर तरह स्वच्छंद और स्वतंत्र थे। मनचाहा हाउस बोट में आराम किया, मनचाहा पहन-ओढ़कर बाहर निकल गए और फिर दिन भर मनमर्जी से घूमते रहे, कोई चिंता नहीं और किसी प्रकार की रोक-टोक नहीं।

"मधु डार्लिंग, तुम्हें स्मृति खोकर नया जीवन मिला और मुझे तुम्हें पाकर नया जीवन मिला।" नरेंद्र ने अपने भीतर उठ रहे उछाह को सहसा व्यक्त किया।

उन्हें श्रीनगर आए अभी सिर्फ दो दिन हुए थे। वे दोनों खुले में एक

चिनार के नीचे बैठे थे। झील थी और उससे परे शंकराचार्य का मंदिर था, जिसे वे देख आए थे। एक सुन्दर नन्ही चिड़िया चहचहाती हुई उनके ऊपर से गुजर गई।

"तुम्हारे इस नये जन्म पर मधु की यानी मेरी बहुत-बहुत बधाई !" युवती ने मुस्कराते हुए कहा और पलकें उठाकर आंखें पूरी फैला दीं। "इसी खुशी में कोई शे'र हो जाए।"

"शे'र !"

"हां, शे'र। पर इंजीनियर और शे'र का क्या सम्बन्ध !" युवती के मस्तिष्क में 'बंदर क्या जाने अदरक का स्वाद' उक्ति उभर आई। पर वह इसे कहते-कहते रुक गई।

"डार्लिंग, ऐसी बात नहीं। भद्रसेन की साहित्य और कला में विशेष रुचि है। उन्हें बहुत-से शे'र याद हैं और मैं भी उनका शिष्य रहा हूं। सुनो, उनकी पसंद का एक शे'र पेश करता हूं।"

"इरशाद !" युवती शे'र सुनने को उत्सुक और अधीर थी।

नरेंद्र उठ खड़ा हुआ और युवती को भी उठने का संकेत किया। फिर उसे पेड़ के करीब एक खास पोज में स्थिर रहने का आदेश देकर यों सिर से पांव तक देखा, जैसे वह उसकी तस्वीर उतारेगा।

युवती ने 'शिफान' की महीन जापानी साड़ी पहन रखी थी। साड़ी का रंग नीला था और उसपर सितारे टिके हूंए थे। ऊार पश्मीने की शाल, हाथों में लाल चूड़ा और साड़ी से मैच करती हुई नीले रंग की चूड़ियां थीं, कानों में टाप्स, गले में मंगलसूत्र और बालों का जूड़ा बनाकर उसमें वेणी बांध रखी थी। नववधू के इस परिधान और श्रृंगार में वह इतनी अच्छी लग रही थी कि देखते ही बनती थी।

नरेंद्र एकसाथ दो कदम पीछे हट गया और मधु के चेहरे पर दृष्टि गड़ा कर बोला:

"लो, अब शेर सुनो।"

"इरशाद !" युवती के होंठ हिले।

"खोए हैं जिनकी याद में वह रूबरू खड़े
करते हैं खूब हम यह नज़ारा कभी-कभी।"

नरेंद्र ने शे'र पढ़ा। युवती खिल उठी। महीन साड़ी के भीतर उसकी गोरी मांसल देह जगमग-जगमग कर रही थी।

"वाह, मैं तो तुम्हें एक इंजीनियर भर समझी थी, पर तुम तो बड़े रसिक निकले !" यवती ने दाद दी और साथ ही फरमाइश की, "इसी तरह का एक और शे'र, प्लीज।"

"डार्लिंग, एक नहीं दो सुनो।" नरेंद्र भी तरंग में था। उसने युवती की ओर देखते हुए नाटकीय ढंग से शे'र पढ़ी :

"होंठों पे आई बात पी के मुस्करा दिए।
होता है इस तरह भी इशारा कभी-कभी।"

युवती के लाल कोमल होंठों पर मदु मुस्कान तिर आई। नरेंद्र एक क्षण रुका और फिर अगला शे'र पढ़ा :

"आते हैं किस अदा से वो मन कर क़रीबतर
है उनका रूठना भी गवारा कभी-कभी।"

नरेंद्र शे'र पढ़ते-पढ़ते आगे बढ़ा और 'कभी', 'कभी' शेर कहते हुए यवती को अपनी मजबूत बांहों में भर लिया। नन्ही सुंदर चिड़िया फिर चहचहाई।

"प्यारे, मैं दुल्हन दरअसल आज बनी हूं। आज यह विश्वास हुआ है कि मुझे मन का मीत मिल गया।" युवती ने इठलाते हुए अपना रूप-लावण्य प्रदर्शित किया।

"और मुझे यह विश्वास उस दिन हो गया था जब मैंने तुम्हारा नाम मधु रखा था।"

युवती कहना चाहती थी, 'मैंने तुम्हारा नाम लल्लू रखा था', पर वह होंठों पे आई बात पी के मुस्कराई और एक कदम आगे बढ़ाकर नरेंद्र को भी चलने का संकेत किया।

निशात बाग देखकर वे कितने खुश थे। जी चाहता था कि एक छोटा-सा बंगला दुनिया से न्यारा यहीं बन जाए और दोनों प्राणी उसीमें जीवन बिता दें।

"नूरजहां और उसका पति जहांगीर भी यहां इसी प्रकार घूमते होंगे।" जब वे हाथ में हाथ थामे रंग-बिरंगे फूलों की क्यारियों के दरम्यान घूम रहे थे

तो मधु के मन से संगीत-सा फूट निकला।

"स्वर्ग अर्थात् जन्नत जिसे कहते हैं, वह यही है। हम-तुम इस समय जन्नत में हैं।"

नरेंद्र ने स्वर में स्वर मिलाया और फिर वे दोनों एकसाथ 'हम-तुम जन्नत में, हम-तुम जन्नत में 'गुनगुनाते हुए एक रविश से दूसरी रविश पर मटरगश्ती करने लगे।

जब वे लौटकर आए तो अंधेरा हो चला था। सूरज के डूबने का दृश्य उन्होंने डोंगे पर झील ही में देखा। पहाड़ों पर फैली लालिमा झील के पानी में प्रतिबिम्बित होकर और ही छटा दिखा रही थी। धीरे-धीरे घनियाते हुए अंधकार ने पहाड़ों, और देवदार और चिनार के छतनार पेड़ों और पूरे दृश्य को लील लिया। अब आकाश पर तारे और धरती पर बिजली के बल्ब टिमटिमा रहे थे। मधु अर्थात् युवती के हाथ में वे कमल के फूल थे जो उन्होंने एक-दूसरे डोंगे वाले मांझी से खरीदे थे।

भूख खूब लग आई थी, इसलिए आते ही भोजन किया, जो हाउस बोट के मालिक गफूर की बीवी तैयार कर दिया करती थी। पता चला कि कुछ सामान अभी खरीद लाना आवश्यक है, वर्ना नाश्ता सुबह देर से मिलेगा।

"डार्लिंग, चलो, थोड़ा टहलना हो जाएगा और सामान भी खरीद लाएंगे।" नरेंद्र ने मधु से कहा।

"प्लीज, तुम अकेले ही ले आओ। मुझपर बड़ा अहसान होगा। मैं थोड़ा आराम करना चाहती हूं।" मधु ने मचलकर उत्तर दिया और वह तुरंत बिस्तर में दुबक गई।

नरेंद्र चला गया और युवती कम्बल ओढ़कर कुछ देर निश्चल लेटी रही। उसे कुछ थकान और कुछ सर्दी महसूस हो रही थी। वह कभी लेटे-लटे आंखें बद कर लेती थी और कभी खोल देती थी। निशात का मनोरम दृश्य अब भी दृष्टि में घूम रहा था। उसे सहसा चंचल मेहरुन्निसा स्मरण हो आई और बाग का वह दृश्य जब शहज़ादा सलीम ने उससे पूछा था, 'एक कबूतर क्या हुआ ?' और उसने दूसरा कबूतर फुर्र से उड़ाकर उत्तर दिया था—'यों उड़ गया।' सलीम मेहरुन्निसा की इसी अदा पर

मर मिटा था।

युवती ने करीब ही रखे लम्बे-लम्बे डंठलों वाले कमल के फूल उठा लिए जो मोरछल की तरह एकसाथ बंधे हुए थे। मेहरुन्निसा की चंचलता ने उसे गुदगुदा दिया था और उसके भीतर स्फूर्ति की तरंग-सी दौड़ गई थी। वह कमल के फूलों से कभी दायां और कभी बायां गाल सहलाकर मुस्कराने और अपने से खिलवाड़ करने लगी। सहसा उसका हाथ रुका, होंठ भींचे और मन में एक विचार बिजली-सा कौंध गया। वह कम्बल अलग फेंककर उठ खड़ी हुई।

"बीबीजी, मैं अब चली जाऊं ?" गफूर की बीवी रहमत ने पूछा।

"हां, जाओ। मैं अकेली मजे में हूं, मेरी कुछ फिक्र न करो।" युवती ने उत्तर दिया।

रहमत अगर न पूछती भी, मधु खुद उसे जाने की छुट्टी दे देती क्योंकि अपने विचार को व्यवहार में लाने के लिए उसे एकान्त की आवश्यकता थी।

पास ही एक दूसरा हाउस बोट था, जिसमें गफूर सपरिवार रहता था। रहमत वहां अपने बच्चों में चली गई।

नरेंद्र जब बाजार से लौट कर आया तो हाउस बोट में मधु के बजाय एक युवक को बैठे पाया, जो उसे देखते ही बोल उठा।

"हैलो, मिस्टर नरेंद्र ! मैं बड़ी देर से तुम्हारी राह देख रहा हूं।"

मधु को पुरुष-वेश में देखकर नरेंद्र स्तब्ध रह गया। युवती नरेंद्र का कोट-पतलून पहने हुए थी और एक समूरी टोपी ओढ़कर, जैसे कि डा० त्यागराज पहनते थे, बाल उससे अच्छी तरह ढांप लिए थे।

"यह क्या स्वांग भरा है ?" नरेंद्र ने मधु पर एक दृष्टि सिर से पांव तक डाली।

"मिस्टर, यह स्वांग नहीं, मेरा वास्तविक रूप है। इसे स्वांग समझ लेने वाली तुम्हारी नजर ने जबरदस्त धोखा खाया है। आज मैं पति और तुम पत्नी हो। मेरे ये कपड़े उतारकर तुम अपने वे कपड़े पहनो। चलो, जल्दी करो।" युवती ने अपनी साड़ी-जम्पर की ओर संकेत किया, और वह खिलखिलाकर

हंस पड़ी।

"वाह, क्या दिल्लगी सूझी है ! मानना पड़ेगा कि तुम जितनी सुंदर हो, तुम्हारी कल्पना उससे कहीं अधिक सुंदर है।" नरेंद्र आंखों में कोतूहल भरकर मुस्कराया।

"हां, मैं जितनी सुंदर हूं, मेरी कल्पना भी उतनी ही सुंदर है। इसमें कोई शक नहीं। पर इस कल्पना का मजा तभी आएगा जब तुम मेरी प्रेयसी बनकर इठलाओ, इतराओ और अपनी मृदु मुस्कानों से मुझे भरमाओ।" मधु ने खद साडी उठाकर नरेंद्र की ओर बढ़ा दी।

युवती के जिस पुरुष-वेश पर नरेंद्र को थोड़ी देर पहले विस्मय हुआ था, इस व्याख्या के बाद अच्छा लग रहा था और वह उसकी चंचलता पर मुग्ध था। जब वे मन बहलावे और मनोरंजन करने के उद्देश्य ही से कश्मीर आए हैं तो स्त्री बनने में भी क्या बुराई है। वह थोड़ा झिझका, फिर साड़ी का एक पल्लू सिर पर ओढ़कर और घूंघट-सा बनाकर उसने कनखियों से मधु की ओर देखा और कमर जरा लचकाई।

"ऊं हूं।" युवती ने सिर हिलाया, "ऐसे बात नहीं बनेगी। जिस तरह मैंने ये कपड़े पहन लिए हैं, तुम भी यह साड़ी-जम्पर पहनो।" और जम्पर भी उठाकर उसकी ओर बढ़ा दिया, "इसमें शरमाने की कौन-सी बात है ? तुम पुरुषों ने हम स्त्रियों को हमेशा हीन और तुच्छ समझ कर हमें नीचे रखा है। क्या हमें पुरुष बनकर ऊपर आने का अधिकार नहीं है ? कल मैं तुम्हारी पत्नी थी और तुम मेरे पति थे। आज की रात मैं तुम्हारा पति और तुम मेरी पत्नी हो, समझे ? हमारा यह आधुनिक युग समानता का युग है, इसमें हर तरह की धांधली खत्म होकर रहेगी। मैं तुम्हारे मन का मीत और तुम मेरे मन की मीत तभी बन सकती हो जब हम और तुम बारी-बारी नारी और नर की भूमिका अदा करें। ताली एक हाथ से नहीं बजेगी।"

"इसका मतलब यह हुआ कि अगर एक बच्चा तुम जनती हो तो दूसरा बच्चा मुझे जनना होगा?' नरेंद्र ने प्रतिवाद किया। वह निस्संदेह दिल्लगी के मूड में था, पर दिल्लगी की भी कोई सीमा होती है। साड़ी-जम्पर पहनकर नारी की भूमिका अदा करना ऐसी विचित्र बात थी, जो उसके परम्परागत

संस्कारों के विपरीत थी।

"वाह !" युवती ने विद्रूप भाव से नरेंद्र की ओर देखा और सिर से पांव तक एक पैनी दृष्टि डालकर पूछा, "क्यों महाशय,क्या मैं उसी व्यक्ति को देख रही हूं जो कल तक शादी के नाम से कानों पर हाथ रखता था और आज इतनी जल्दी बाप बनने को उतावला है ! सच कहा है, बिल्ली को छीछड़ों के सपने। इस पुरुष नाम के प्राणी का भी कोई ठिकाना नहीं।"

नरेंद्र के मर्मस्थल पर प्रहार हआ था, उसका अंग-अंग सिहर उठा। हास-परिहास में भी एक ऐसी गंभीर परिस्थिति उत्पन्न हो गई थी कि वह अपने को एक तरह के धर्मसंकट में महसूस कर रहा था। न तो उससे युवती की बात स्वीकारते बनता था और न उसमें साफ इनकार कर देने का साहस था।

चालाक युवती ने उसकी इस मनःस्थिति को भांप लिया और वह मृदु मुस्कान होंठों पर लाकर बोली, "एक प्रेमी जहांगीर था, जिसने अपना राजपाट भी प्रेम की भेंट चढ़ा दिया था और नूरजहां को स्याह-सफेद कर देने का अधिकार सौंप दिया था। और एक प्रेमी तुम हो, जो इतना भी नहीं कर सकते कि एक रात भर के लिए अपना यह अहम-भरा पुरुष-वेश त्यागकर स्त्री वेश धारण कर लो ! हैस-वैस छोड़ो, लो, पहनो ये कपड़े। मुक्त मनोरंजन—परम आनंद तभी सम्भव है, जब तुम खोल से बाहर निकलोगे, संकीर्ण भेद-भाव से ऊपर उठ सकोगे।"

गर्म लोहे पर पड़ी चोट कारगर सिद्ध हुई। नरेंद्र ने यंत्रवत् युवती के आदेश का पालन किया और मुंह से एक शब्द कहे बिना ही अपने कपड़े उतार कर साड़ी-जम्पर पहन लिया।

पुरुष-वेशधारी मधु अर्थात् युवती ने अपनी सोने की जंजीर भी नरेंद्र के गले में पहना दी। एक तिरछी नजर सिर से पांव तक उसपर डाली और फिर ठुड्डी पकड़कर कहा, "मेरी जान, जरा ऊरर देखो और मुस्कराकर 'पिया' कहो।"

"पिया !" नरेंद्र ने झिझकते-शरमाते कहा और वह सायास मुस्कराया।

"अहा मेरी जान, मैं तुमपर कुर्बान !" युवती ने उसके हाथ अपने हाथों

में थामकर नाचना-थिरकना और रेडियो पर कई बार सुने हुए एक पंजाबी गीत में थोड़ा-सा अदल-बदलकर गाना शुरू किया :

तू बन जा मेरी हीर
तुझे ले चलूं कश्मीर
तेरी सोने की जंजीर
मेरे दिल में तेरी तस्वीर
वाह वा, क्या कहने !

जब नाचते-गाते तबीयत खूब भर गई और अंग-अंग पर मस्ती छा गई तो उसने युवती वेशधारी नरेंद्र को बांहों में कस लिया और अपने गर्म होंठ उसके होंठों पर अंकित कर दिए।

12

‘औरत बड़ी कांटे की है।’

‘वह तो है वर्ना तुम्हें पुरुष से स्त्री कैसे बना पाती?’

‘मैं स्त्री कैसे बन गया, यह तो दो घड़ी का मनोरंजन था।’

‘तर्क अच्छा है।’

‘तर्क ?’

‘हां, दिल की तसल्ली के लिए मनुष्य तर्क ढूढ़ ही लेता है।’

‘तुम व्यर्थ का पचड़ा डालते हो।’

‘तुम्हारे रंग में भंग पड़ता है, तुम तो पचड़ा कहोगे ही। लेकिन मुझे जरूरत क्या पड़ी है पचड़ा डालने की। तुम अपना मनोरंजन करो। साड़ी-जम्पर पहनो, खूब नाचो, थिरको।’

नरेंद्र की आंखें सुबह-सवेरे खुल गई थीं और वह उठकर हाउस बोट के भीतर खुले में आ बैठा था। सामने कुहासे में लिपटा पहाड़ों का मनोरम दृश्य था और नदी में डोंगे चल रहे थे। पर नरेंद्र यह सब नहीं देख रहा था। उसे रात की घटना याद आ रही थी और जितना सोच रहा था उतना ही उसे अटपटा लग रहा था। जैसे मकड़ी जाले में उलझ जाती है, वह उसमें उलझा हुआ था। उसे खुशी भी महसूस हो रही थी और मन में एक टीस भी उठ रही थी। मधु कब उसके निकट आकर बैठ गई, उसे यह पता ही नहीं चला।

“माई डियर, क्या सोच रहे हो?” मधु ने उसके कंधे पर सिर रखकर मधुर स्वर में पूछा।

नरेंद्र चौंका। कुछ क्षण उसकी ओर देखता रहा और फिर असल बात छिपाकर बोला:

"मैं सोचता हूं कि हम आज ही यहां से पहलगाम चल दें।"

"पर रात तो तुम कह रहे थे कि सुबह शंकराचार्य का मंदिर देखने चलेंगे?"

"मंदिर एक बार तो देख ही आए हैं। अब दोबारा क्या जाना है। कभी फिर देखा जाएगा।" उसने एक नजर युवती की ओर देखा और बात जारी रखी, "पहलगाम कश्मीर का सुंदरतम स्थल है। वहां दूर-दूर से पर्यटक आते हैं और वहां देखने को भी बहुत कुछ है। बेहतर है कि आज ही चल दें।"

"जैसी तुम्हारी इच्छा।" युवती ने प्यार की जिस दृष्टि से देखा, उससे रात की घटना का सारा कुहासा हट गया। अब सामने का दृश्य भी स्पष्ट था। पेड़-पौधे और पहाड़ों की चोटियां सूरज की नर्म-नर्म किरणों में नहा रही थीं।

पहलगाम में खूब चहल-पहल थी। वहां दिल्ली और लखनऊ ही से नहीं, बम्बई और कलकत्ता इत्यादि नगरों से भी पर्यटक आए हुए थे और उनमें विदेशियों की भी अच्छी-खासी संख्या थी। वहां जितने लोग थे और आपस में इस तरह रल-मिल गए थे जिस तरह कबूतरों में कबूतर, अवावीलों में अवावील—या गेहूं में गेहूं और चने में चना मिल जाता है। टेढ़े-मेढे खतरनाक रास्तों पर घोड़े दौड़ाने, ग्लैशियर देखने, दूर तक पैदल निकल जाने, लौटकर लिद्दर के स्वच्छ शीतल जल में नहाने, तट पर बैठकर बोलने-बतलाने अथवा आराम करने में समय यों बीत जाता था कि सूरज कब निकला और कब छिप गया, यह पता ही नहीं चलता था।

कुछ लोग घरों को लौट जाते थे, लेकिन उतने ही अथवा उनसे अधिक नित्य नये आ जाते थे। पहलगाम की चहल-पहल ज्यों की त्यों बनी रहती थी, उसमें कोई अंतर नहीं आता था। नये आने वाले भी शीघ्र ही आपस में मिल-जुल जाते थे। वहां जो लोग थे, अजनबी होते हुए भी अजनबी नहीं थे क्योंकि उन्हें आपस में मिलने-जुलने और बोलने-बतलाने में कोई संकोच नहीं था। उनके हास-परिहास फूलों और शहद की इस

धरती पर कल-कल बहने वाले स्रोतों के जल के सदृश निर्मल और स्वच्छ थे, उनमें राग-द्वेष और विद्रुप की तनिक भी मिलावट नहीं थी। पेड़ों पर चहचहाने अथवा नीले विस्तृत आकाश में मंडराने वाले स्वच्छंद पक्षियों के सदृश प्रकृति की इन संतानों के हृदय भी शुद्ध, पवित्र और निश्चल थे। शायद प्रकृति की गोद में बैठकर प्रकृति से तादात्म्य स्थापित करने के उद्देश्य ही से वे इतनी दूर-दूर से वहां आते थे। अगर एक व्यक्ति की किसी पूर्व परिचित व्यक्ति से भेंट हो जाती थी तो वे दोनों यों उल्लास में भरकर गले मिलते थे जैसे भू-लोक के दो प्राणी स्वर्ग-लोक में अचानक एक-दूसरे से आ मिले हों। वे बोलने-बतलाने और बीती बातों को सुनने-सुनाने में अपूर्व आनंद महसूस करते थे।

नरेंद्र दिन में तीन-चार मर्तबा लिछर में नहाया करता था। यहां दूसरे लोग थोड़ी देर पानी में रहने के बाद ठंड महसूस करने लगते थे और फिर बाहर निकलकर धूप सेंकते थे, नरेंद्र देर तक पानी में डुबकियां लगाता, उल्टा-सीधा तैरता अथवा स्थिर लेटकर धारा के साथ बहता था। एक बार नदी में घुस जाने के बाद जी चाहता था कि घड़ियाल के सदृश पानी ही में पड़ा रहे। निर्मल शीतल जल के स्पर्श से वह अपने तन-मन में एक अवर्णनीय सुख महसूस करता था।

"तुम पिछले जन्म में अवश्य कछुवे होंगे।"

"इसलिए कि मुझे पानी में रहना बहुत पसंद है ?"

"और क्या ! शायद तुम इसीलिए पहलगाम आने की जल्दी मचा रहे थे।"

"हां, यह भी एक कारण था। मैं दो बार पहले भी यहां आ चुका हूं। वैसे तुमने देखा कि श्रीनगर की तुलना में यह कितना सुंदर स्थल है।"

"निस्संदेह यहां से लौटने को जी नहीं चाहता।"

"ऐसी बात है तो एक हफ्ते की छुट्टी और बढ़वा लेते हैं।"

"प्लीज डू। आज ही तार दे दो।"

नरेंद्र का अपना मन भी वहां अभी कुछ दिन और रुकने को चाह रहा था। उसने तार देकर मधु की इच्छा पूरी कर दी।

लेकिन आखिर यह हफ्ता भी खत्म हो गया और उन्हें अगले दिन

वहां से चले जाना था। सुबह दस-ग्यारह बजे का समय था। नरेंद्र नदी में नहा रहा था और मधु तट पर बैठी सूरज की किरणों और पहाड़ पर उगे पेड-पौधों को पानी में प्रतिबिम्बित होते देख रही थी। और लोग इधर-उधर बैठे बोल-बतला रहे थे और कुछ घूम-फिर रहे थे। उसीकी हमउम्र एक दूसरी युवती उसके निकट आकर रुकी। मधु ने भी आहट पाकर गर्दन घुमाई और वे दोनों कुछ क्षण विस्मय-विमूढ़-सी एक दूसरी को देखती रहीं।

"ओह, मीना हो।"

"रीता हो।"

उन्होंने एक दूसरी को पहचाना और अपनी आधुनिक पद्धति में एक दूसरी का अभिवादन किया, फिर मधु ने रीता नाम की इस सखी को होंठों पर अंगुली रखकर सतर्क किया—समझाया और अपने निकट बिठा लिया।

रीता को यह इत्मीनान हो गया कि उसने अपनी चिरपरिचित सखी को पहचानने में कोई भूल नहीं की। वह समझ गई कि उसकी सखी अपने 'मीना' नाम और पिछले जीवन को गोपनीय रखना चाहती है वर्ना वह इतने दिनों बाद मिली थी, उठ कर गले से लिपट गई होती।

"अखबार में खबर पढ़कर हम तो यह समझे थे कि तू दूसरी दुनिया में पहुंच गई है।" रीता ने सरगोशी में बात शुरू की, "पर मैं यह क्या देख रही हूं!"

"मेरी जान, मेरे जिगर के टुकड़े! तू जो देख रही है, वह सोलह आने सही है और तूने जो अखबार में पढ़ा, वह शत-प्रतिशत झूठ था।" मीना अर्थात् मधु ने मुस्कराते हुए उत्तर दिया।

"यह सब हुआ कैसे? बड़े अचरज की बात है।"

"अचरज की बातें न हों तो दुनिया को दुनिया कौन कहे?" मधु ने गुदगुदी-सी महसूस की और घास का एक तिनका तोड़कर परे फेंक दिया, "बडी अच्छी थी बेचारी मेरा नाम ओढ़कर चलती बनी और मुझे सभी बंधनों से मुक्त कर गई।"

"सवाल तो यह है कि उसे यह नाम ओढ़ाया किसने?"

"मैं होस्टल से गायब थी और कंपनी में ड्यूटी पर भी नहीं जा रही थी। हो सकता है, इसकी सूचना पुलिस को हुई हो और पुलिस वालों ने यह नाम उसे ओढ़ा दिया हो।" मधु ने अनुमान लगाया।

"शायद यही बात हो। पर हमने तुझे मर गई समझ लिया था।" रीता ने कहा और दोनों सखियां एकसाथ मुस्कराईं।

"कुछ भी हो, उस बेचारी ने नई भूमिका निभाने में मेरी बड़ी मदद की। मैं हर तरह से निश्चिंत हो गई। मेरा नाम अब मीना नही, मधु है।" नाम बताते हुए उसका स्वर और भी मद्धिम हो गया था।

"अच्छा मधु !" रीता ने सखी के नये नाम का उच्चारण बड़े दुलार से किया और उत्सुकता में भरकर पूछा, "तू उस समय कहां थी और तेरी यह नई भूमिका क्या है ?"

"इधर इस लल्लूराम को देख, जो नदी में मगरमच्छ की तरह नहा रहा है।" रीता ने कनखियों से नरेंद्र की ओर देखा और मधु ने बात जारी रखी, "इसके बूढ़े आदमी (उनकी आचार संहिता में बाप को बाप कहना वर्जित था, उसके लिए 'बूढ़े आदमी' की परिभाषा प्रयोग होती थी) ने मुझे सड़क पर बेहोश पाया और उसकी महा करुणा सक्रिय हो उठी। ये लोग मुझे उठाकर अपनी कोठी में ले गए। मैंने होश में आकर स्मति खो जाने का नाटक किया। अब मैं इस लल्लूराम की धर्मपत्नी हूं और उसके साथ हनीमून मनाने यहां आई हूं।"

मधु ने 'धर्म पत्नी' और 'हनी मून' शब्दों का उच्चारण इस ढंग से किया कि दोनों सखियां खिलखिलाकर हंसने लगीं। उनकी यह हंसी शायद नरेंद्र ने भी सुनी, क्योंकि वह पलटकर उनकी ओर देख रहा था।

"तेरे इस हनीमून पर मैं तुझे हृदय से बधाई देती हूं।" रीता आंखों में चंचलता भरकर बोली।

मधु ने उसका हाथ अपने हाथ में लेकर दबाया और वे दोनों फिर हंसीं।

जब तक नरेंद्र ने नदी रो निकलकर तौलिए से बदन पोंछा और तनिक सुस्ताकर कपड़े पहने, मधु ने अपनी स्मृति खो जाने के अभिनय से विवाह हो जाने तक की पूरी कहानी बिना किसी लाग-लपेट के अपनी आधुनिक

शैली में सखी को कह सुनाई। रीता सुनकर गद्गद हो उठी। मधु भी प्रसन्न थी क्योंकि जिस रहस्य को उसने इतने दिनों से अपने भीतर छिपाकर रखा था, उसे अपनी एक अंतरंग सखी को बताकर मन हल्का हुआ और उसने राहत की सांस ली।

"तूने सबकी आंखों में धूल झोंकी और अपनी भूमिका बड़ी सफाई से निबाही," रीता ने दाद दी और सखी की ओर प्रशंसा की दृष्टि से देखा।

नरेंद्र जब कपड़े पहनकर उनके निकट आया तो वे पहलगाम की सुंदरता और ग्लैशियर के बारे में बातें कर रही थीं।

"मेरी सखी रीता से मिलिए।"

रीता ने हाथ आगे बढ़ाया जो नरेंद्र ने निस्संकोच थाम लिया।

"यह उद्योग मंत्रालय में चीफ सेक्रेटरी की स्टेनो हैं।" मधु ने बात जारी रखी। नरेंद्र और रीता एक-दूसरे का हाथ थामे मुस्करा रहे थे।

"आप हैं मिस्टर नरेंद्र, मेरे.. मेरे वह यानी हस्बैंड।" मधु ने नरेंद्र का परिचय सखी को दिया।

नरेंद्र और रीता ने एक-दूसरे का हाथ दबाकर इस परिचय पर हार्दिक प्रसन्नता व्यक्त की और फिर रीता ने 'बाई-बाई' कहते हुए उन दोनों से विदा ली।

नरेंद्र खोया-खोया-सा उसे जाते हुए देखता रहा और उसके नज़रों से ओझल हो जाने के बाद भी वह स्थिर खड़ा था। उसकी आंखें एकदम सूनी थीं।

"क्या सोच रहे हो ?" मधु बोली।

नरेंद्र ने पत्नी की ओर देखा और कई क्षण यों ही देखता रहा।

"इसका मतलब है कि सखी से मिलकर तुम्हें अपने पिछले जीवन की सारी बातें याद आ गई ?"

"हां, आ गई।" मधु ने साफ-साफ उत्तर दिया। उसके स्वर में और उसके मुख पर संकोच या झिझक नाम मात्र को नहीं थी।

"मैं के० एंड के० कंपनी में रिसेप्शनिस्ट थी, वर्किंग गर्ल्स होस्टल में रहती थी और मेरा नाम मीना था।"

एक और नवविवाहित जोड़ा उनके करीब से गुजरा। ज़ाहिर है कि वे भी हनीमून मनाने आए थे, बहुत प्रसन्न थे और अपनी किसी बात पर हंस रहे थे। नरेंद्र और मधु दोनों उन्हें जाते हुए देखने लगे और देखते रहे। नरेंद्र की मुख-मुद्रा गम्भीर थी और मधु के होंठों पर मुस्कान और आंखों में विद्रूप था।

"नाम के अलावा और क्या था ?"

"जो कुछ भी था, वह एक रहस्य है। बेहतर है कि रहस्य को रहस्य ही रहने दो। उसके उद्घाटन से न तुम्हें कुछ लाभ होगा और न मुझे।" मधु ने पूर्ववत् दृढ़ और स्पष्ट स्वर में उत्तर दिया।

नरेंद्र अवाक् उसकी ओर देखता रह गया। इसमें तनिक भी संदेह नहीं था कि वह ठगा गया है। लेकिन मधु अर्थात् मीना का रहस्य अब उसका भी रहस्य था। इसे रहस्य ही रखना होगा। उसके उद्घाटन से मधु का शायद कुछ न बिगड़, पर वह उसकी और उसके परिवार की रुसवाई का कारण निश्चित बन सकता था।

13

कहावत है कि मुंह से निकली बात कोठे चढ़ जाती है। रीता हफ्ता-डेढ़ हफ्ता कश्मीर में बिताकर दिल्ली लौटी तो उसके लिए बात को पेट में पचाए रखना मुश्किल हो गया। आठ-दस प्राणियों का एक ग्रुप था। उस ग्रुप में रीता, मीना, आशा, दीपा इत्यादि युवतियों के अलावा तीन-चार युवक भी शामिल थे। उनकी उन्मत्त युवा शक्ति समाज के बंधनों से घृणा करती थी। जैसे बाढ़ पर आई नदी किनारों को तोड़ डालती है, उन्होंने तमाम मान-मर्यादाओं का उल्लंघन करके जीवन को उन्मुक्त मन से भोगने का मार्ग अपना लिया था। जिस मीना को उन्होंने मतक समझ लिया था, वह जीवित है और कितने ही लोगों को मूर्ख बनाकर शिक्षित-सम्पन्न घर की पुत्रवधू बनी हुई है, इतने बड़े नाटकीय कांड की कम से कम अपने ग्रप में चर्चा करने और उन्हें चौंका देने के आनंद से रीता अपने को कैसे वंचित कर लेती ?

उसने दिल्ली लौटते ही सबसे पहला काम यह किया कि टेलीफोन का रिसीवर उठाकर नम्बर मिलाया और दूसरी तरफ की आवाज़ पहचानकर बोली : "ओह, आशी हो!"

"रीता हो! कहो, कैसी रही कश्मीर की सैर?"

"बहुत मजेदार। तुझे एक खबर सुनाती हूं, पहले दिल पर हाथ रख ले।"

"क्यों, खैर तो है ?"

"बात वैसे खुशी की है।"

"खुशी की है तो तूने मुझे घबरा क्यों दिया ? सुना, जल्दी सुना। चट पट।"

"हमारी वह मीना थी ना ?"

"हां, थी।"

"मेरी उससे भेंट हुई।"

"पगली, क्या तू नींद में बोल रही है ?"

"नहीं, मैं जाग रही हूं। सुन तो सही।"

"..."

"मुझे वह पहलगाम में मिली। वहां वह नरेंद्र नाम के अपने नये हस्बैंड के साथ हनीमून मना रही थी।"

"अजीब बात है। वह तो मर गई थी!"

"मरने की जिस खबर पर हमने विश्वास कर लिया था, वह उसने भी पढ़ी थी और वह बिल्कुल गलत थी।"

"लाओ, इस खुशी में तुम्हारा मुंह चूम लूं।" 'पुच' की सी आवाज़ सुनाई पड़ी। अपने हाथ की हथेली चूम लेने के बाद आशी फिर बोली, "मीना का पहला हस्बैंड गुरमेल भी उसके बारे में पूछ रहा था।"

"वह रशिया से लौट आया ?"

"हां, लौट आया। मुझे वह वैंगर में मिला था।"

बात चल निकली। एक से दूसरे और दूसरे से तीसरे मुंह चढ़कर जंगल की आग की तरह फैल गई। बात ही ऐसी थी, जो भी सुनता था, चकित रह जाता था और फिर किसी दूसरे को चकित कर देने के लिए अधीर हो उठता था। ग्रप में और गुप से बाहर मधु की इस नई भूमिका की चर्चा विभिन्न प्रकार से होने लगी।

"कमाल है, जिस मीना को दुनिया ने मर गई समझ लिया था, वह हनीमून मनाती घूम रही है !"

"मनुष्य करने पर आए तो वह क्या-क्या चमत्कार नहीं कर सकता!"

"सोचने की बात यह है कि अखबार वालों ने किसी भी युवती के शव को मीना का शव कैसे बना दिया?"

"अबे लालबुझक्कड़, उसे मीना का शव अखबार वालों ने नहीं, पुलिस ने बनाया।"

"पुलिस का इसमें क्या लाभ था ?"

"हो तुम सचमुच बनिये की औलाद। हमेशा लाभ-हानि में सोचते हो। वर्ना यह सीधी-सी बात है, जिसे ऐरा गैरा-नत्थू-खैरा भी सहज में समझ सकता है।"

"योंही तीसमारखां बनोगे या बताओगे भी कि सीधी बात कैसे है ?"

"सुन, सीधी यों है। मीना जब चार दिन तक लापता रही तो होस्टल वालों को चिंता हुई कि वह कहीं सड़क-दुर्घटना में घायल न हो गईं हो। सभी अस्पतालों के इमर्जेंसी वार्डों में फोन करने पर मालूम हुआ कि वहां ऐसा कोई मरीज नहीं पहुंचा। तब उन्होंने पुलिस में रपट लिखवा दी। अब इत्तिफाक की बात है कि रपट लिखवाने के दूसरे ही दिन किसी युवती का शव मिला। उसने भी वैसा ही स्कर्ट, टाप और कंठी पहन रखी थी जैसी मीना पहनती थी। बस, इसी आधार पर पुलिस और होस्टल के अधिकारियों ने इस शव को मीना का शव मान लिया और अपने-अपने रजिस्टरों में उसे मृतक लिखकर अपने को खोज-खबर लगाने के झंझट से मुक्त कर लिया। समझा कि नहीं?"

"इससे तो उनकी गैर-जिम्मेदारी, बल्कि यों कहिए कि निर्ममता सिद्ध होती है।"

"और यह भी सिद्ध होता है कि अपने महान आदर्शों और नैतिक मूल्यों का ढिंढोरा पीटने वाले इस सभ्य समाज में मनुष्य का चूहे या मेंढक से अधिक महत्व नहीं है।"

श्रोता मुस्कराए। वक्ता ने मेज पर मुक्का मारा। और बात जारी रखी, "इससे यह भी सिद्ध हुआ कि प्रकृति के विरुद्ध संघर्ष में मनुष्य अपनी जिस विजय की डींग हांक रहा है, जिसे प्रगति अथवा उन्नति की संज्ञा दे रहा है, वह सब व्यर्थ है। गुरुत्वाआकर्षण से ऊपर उठकर चांद तक पहंचो अथवा मंगल ग्रह तक पहुंच जाओ, समाज की निर्ममता और क्रूरता ज्यों की त्यों बनी रहेगी। समाज के विरुद्ध व्यक्ति का संघर्ष ही मानव-मुक्ति का वास्तविक संघर्ष है। जब समाज नहीं था, व्यक्ति सम्पूर्ण था और समाज जब नहीं रहेगा, वह

फिर से अपनी खोई हुई पूर्णता को प्राप्त कर लेगा। हम इस संघर्ष में किसी वर्ग विशेष का नहीं, हर उस सामान्य प्राणी का नेतृत्व कर रहे हैं, जो अपनी सम्पूर्ण स्वाधीनता के आदिम युग को भूल बैठा है। हम विद्रोही और मानववादी हैं। उन्नति और उज्ज्वल भविष्य के सब्जबाग दिखाने वाले मानवता के शत्रु घोर रूढ़िवादी हैं..."

"हेयर ! हेयर !!" श्रोताओं ने तालियां बजाईं।

"मीना की वर्तमान भूमिका के बारे में तुम्हारी क्या राय है ?" रेखा ने वक्ता से पूछा।

"मीना ने समाज के विरुद्ध व्यक्ति के इस विद्रोह को सफलतापूर्वक आगे बढ़ाया है। मीना ज़िंदाबाद !"

"मीना ज़िंदाबाद !" ग्रुप के सदस्यों का सम्मिलित उद्घोष वातावरण में गूंज उठा।

"सिर्फ ज़िंदाबाद कहने से काम नहीं चलेगा। हम लोग हर तरह से उसकी सहायता करेंगे।" प्रवक्ता ने दृढ़ स्वर में घोषणा की।

ग्रुप के सदस्यों ने मीना को उसकी इस भूमिका में सक्रिय सहयोग देने का प्रस्ताव किया और उसे पूरे समाज को चौंका देने वाली पराकाष्ठा तक पहुंचा देने की योजना तैयार की।

इस योजना के अनुसार आशी ने गुरमेल से सम्पर्क स्थापित किया और बताया कि मीना नाम की तुम्हारी प्रेमिका, जिसके तुम हस्बैंड हो, मरी नहीं, जीवित है।

"जीवित है !" गुरमेल को खुशी भी हुई और आश्चर्य भी।

"हां, जीवित है और उसने नरेंद्र नाम के एक इंजीनियर से दोबारा ब्याह कर लिया है।"

"आशी, तुम मुझे बनाओ मत। मैं कभी नहीं मान सकता कि मीना अगर जीवित है तो वह मुझे धोखा देगी, किसी दूसरे व्यक्ति से ब्याह रचाएगी।" गुरमेल ने प्रतिवाद किया।

"तुम्हें अगर मेरा विश्वास नहीं तो मैं तुम्हें खुद मीना से मिलवा देती हूं। तुम अपनी आंखों से देख लोगे कि वह जीवित है। दोबारा ब्याह की बात भी तुम खुद उसीके मुंह से सुन लेना। क्यों, ठीक है ?"

"हां, ठीक है। तुम अगर मीना से मेरी भेंट करा दो तो मैं तुम्हारा यह अहसान कभी नहीं भूलूंगा।"

गुरमेल ने अपना हाथ आगे बढ़ाया, जो आशी ने निस्संकोच थाम लिया और वह उसके मुख पर दृष्टि गड़ाकर बोली, "आज क्या है—संडे ? तुम थर्सडे को मुझे इसी समय इसी जगह मिलना, मैं उसे अपने साथ लेती आऊंगी।"

आशी और गुरमेल में यह वार्ता पांच बजे सायंकाल इंडिया गेट पर हुई थी। बृहस्पतिवार को ठीक पांच बजे सायंकाल वह मीना और रीता को साथ लिए वहां पहुंची। गुरमेल पहले ही पन्त की मूर्ति के पास खड़ा उनका इंतजार कर रहा था।

गुरमेल मीना से और मीना गुरमेल से मिलकर बहुत प्रसन्न हुए। लगता था कि दोनों एक-दूसरे के लिए बेचैन थे। अपनी परेशानी बयान कर देने के बाद गुरमेल ने पूछा, "यह दूसरे ब्याह की बात क्या सच है ?"

"प्यारे, सच क्या है और झूठ क्या है, इसका निर्णय परिस्थिति से होता है वर्ना इस दुनिया का सच झूठ और झूठ सच है।" मीना ने दूर क्षितिज की ओर देखते हुए दार्शनिक ढंग से उत्तर दिया।

"मतलब ?"

"मतलब यह कि मेरे साथ कुछ विचित्र घटना घटित हुई। मैं रीता, आशी, तुम्हें और खुद अपना नाम तक भूल गई। बहुत सोचने पर भी महीनों कुछ याद नहीं आया। स्मृति बिलकुल खो गई थी। इसी स्थिति में यह दूसरा ब्याह हो गया।"

गुरमेल ने ब्याह की बात मौत की खबर की तरह दुख के साथ सुनी। वह कुछ देर सिर झुकाए चुप बैठा रहा। शायद वह निर्णय नहीं कर पा रहा था कि मीना ने जो कुछ बताया, उसे झूठ माने या सच।

"अब ?" उसने मीना के मुख पर दृष्टि गड़ाकर पूछा।

मीना एकाएक गम्भीर हो गई और सूनी आंखों से यों गुरमेल की ओर देखने लगी, जैसे स्मृति एक बार फिर खो गई हो।

"अब यही हो सकता है," वह सोचते हुए धीरे-धीरे बोली,"तुम अदालत में जाओ।"

"अदालत में !' गुरमेल ने यों दोहराया, जैसे कह रहा हो कि मीना, मुझे तुमसे इस उत्तर की अपेक्षा नहीं थी।

"हां, तुम अदालत में मुकदमा दायर करो।" उसने बिना विचलित हुए बात जारी रखी, "पहले हस्बैंड के रहते दूसरी शादी कानून के विरुद्ध है। फैसला तुम्हारे हक में होगा।"

पेड़ों की परछाइयां दूर तक फैल गई थीं। घूमने वालों की खूब भीड़-भाड़ और गहमागहमी थी। इस खयाल से कि वे दोनों खुलकर बातें कर सकें, रीता और आशी टहलती हुई दूर निकल गई थीं।

"क्या अदालत में जाना जरूरी है ?" गुरमेल ने प्रश्नसूचक दृष्टि उसके मुख पर डाली।

'मैं क्वांरी होती तो तुम्हारे साथ भाग सकती थी।' मीना मन ही मन खिलखिलाकर हंसी और प्रत्यक्ष बोली, "अब तो मुझपर तुम्हारा और नरेंद्र का समान अधिकार है।"

"अगर अदालत ने तुमपर फैसला छोड़ दिया और पूछा कि तुम किसके साथ जाना चाहती हो..."

"क्या तुम्हें विश्वास है कि अदालत फैसला मुझपर छोड़ देगी?" मीना ने उसकी बात काटकर पूछा।

"मान लो कि वह छोड़ देती है, तब तुम्हारा उत्तर क्या होगा?"

"मुझपर और अपने पर भरोसा रखो। प्रश्न जब पूछा जाएगा, उत्तर मैं तभी दूंगी।"

मीना इस ढंग से मुस्कराई कि गुरमेल आश्वस्त हो गया।

14

गुरमेल ने जब तक मुकदमा दायर किया, तब तक मीना का एक और दावेदार पैदा हो गया। वह भरे चेहरे, गोरे-चिट्ट रंग और बड़ी-बड़ी आंखों वाला नौजवान था और उसका नाम अनीस अहमद था। मीना अभी कालेज में पढ़ती थी, उसकी उम्र अठारह-उन्नीस बरस होगी कि उसे फिल्मी हीरोइन की तरह किसीसे प्यार करने और प्यार पाने का शौक चर्राया। अनीस सामने के मकान में रहता था। वह खूबसूरत छैला जवान था। मीना ने उसकी निगाहों की गर्मी कई बार अपने शरीर में महसूस की थी। उसने पिघली और प्यारभरी निगाहों का जवाब प्यार से देना शुरू किया। आपस में पर्चेबाजी और फिर मुलाकातें होने लगीं। प्यार दिन-दिन गहराता चला गया। आखिर एक रोज भाग जाना तय पाया। मीना घर से कालेज जाने का बहाना करके आ गई, अनीस अहमद पहले से स्टेशन पर मौजूद था। वे दोनों गाड़ी में बैठकर मुरादाबाद पहुंच गए।

मीना लखनऊ के सुप्रसिद्ध वकील परिवार की लड़की थी। वकील परिवार' नाम इसलिए पड़ गया था कि हमारे इस देश में जब से अंग्रेजी का चलन हुआ था, इस परिवार के सभी लोग पीढ़ी-दर-पीढ़ी अंग्रेजी पढ़कर वकालत का धंधा करते आ रहे थे, जिसमें पैसा भी था और प्रतिष्ठा भी। वर्ना यह वह परिवार था, कल्हन ने अपनी राजतरंगनी में जिसकी राजनिष्ठा का सविस्तार उल्लेख किया है। शिक्षा इस परिवार के लिए राजदरबार तक पहुंचने का सोपान थी। इसी उद्देश्य को सम्मुख रखते हुए जब संस्कृत का चलन था, ये लोग संस्कृत सीखते थे। जब फारसी और अंग्रेजी राजभाषा बनी

तो इन्हें फारसी और अंग्रेजी सीखने में भी कोई कठिनाई नहीं हुई। इस परिवार की यही बड़ी विशेषता रही है कि वह अपने को बड़ी सुगमता से वातावरण के अनुकूल ढालता आया है।

मिलीजुली गंगा-जमनी संस्कृति जिसका फिरंगी नाम 'कम्पोजिट कल्चर' है, इन लोगों की इसी विशेषता पर आधारित थी। मतलब यह कि इन लोगों ने मुगलिया रहन-सहन में अंग्रेजी तौर-तरीके मिलाकर उसका सहज में पश्चिमीकरण कर लिया था। अपनी इस विशेषता और परम्परागत राजनिष्ठा के कारण इस परिवार के वकील लोग बहुत जल्द महाअधिवक्ता, महान्यायवादी और न्यायाधीश का उच्च पद पा जाते थे। मीना का दादा अवधनारायण दस-बारह बरस वकालत करने के बाद महा अधिवक्ता अर्थात् अटार्नी जनरल नियुक्त हुआ था। एक राजनीतिक साजिश केस में उसने क्रान्तिकारियों को फांसी और उम्रकैद की सजाएं दिलाने में अपनी तर्क-शक्ति और बुद्धि-चातुर्य का भरसक प्रयोग किया था। परिवार की इन्हीं सेवाओं के एवज़ मीना का बाप शिवनारायण हाईकोर्ट का न्यायाधीश नियुक्त हुआ था।

शिवनारायण के दो लड़के राजनारायण और सत्यनारायण थे, वे भी वकील थे। पैसे की खूब रेल-पेल थी और ठाठ का रईसी जीवन था। लखनऊ के रईसों में शे'रो-शायरी का शौक नवाबी जमाने से बदस्तूर चला आ रहा था। इस परिवार में भी शे'रो-शायरी की महफिल अक्सर जमती थी। खुद शिवनारायण ने 'खलश' तखल्लुस रख छोड़ा था और वह आतिश, नासिख और मुसहफी के घिसे-पिटे अंदाज में इश्किया गजलें लिखा करता था, जिन्हें वह मुशायरों ही में नहीं शे'रो-शायरी की महफिलों में घर पर भी सुनाया करता था। जब 'वाह-वाह', 'मुकैरर-मुकर्रर' के तौर में शे'र दोबारा पढ़ने की फरमाइश होती थी तो वह गर्व से फूला नहीं समाता था। पिता की देखा-देखी मीना ने भी कविता करना और प्रेमगीत लिखना शुरू कर दिया था। उसने ये गीत छात्र-छात्राओं की गोष्ठियों में सनाए और कालेज पत्रिका में छपे, जिससे उसे वांछित लोकप्रियता मिली और वह अपने को 'हीरोइन' महसूस करने लगी। लेकिन प्रेम-गीत लिखते-लिखते उसपर प्रेम दीवानी बनने की भी धुन सवार हो गई। इसी धुन में वह अनीस

के साथ घर से भाग खड़ी हुई ताकि रोमांस का आनंद भोगकर रोमांटिक गीतों को सार्थक बनाया जाए।

वकील परिवार की जितनी बड़ी प्रतिष्ठा थी, लड़की का यों एकाएक घर से भाग जाना उसके लिए उतनी ही बड़ी रुसवाई थी। अपनी गंगा-जमनी संस्कृति के बावजूद वे लोग बहुत परेशान थे। उसी दिन से अनीस भी चूंकि गायब था, इसलिए अपहरण की रपट थाने में लिखवा दी। इधर उनकी खोज शुरू हुई, उधर अनीस ने काजी को बुलाकर निकाह पढ़ लिया। पंद्रह-बीस दिन मजे से गुजरे—खूब प्रेम की पींगें चढ़ीं। लेकिन उनके पास पैसा-धेला जो कुछ था, वह इस बीच में खर्च हो गया और मुरादाबाद के जिन यार-दोस्तों ने शरण दी थी, उन्होंने भी इमदाद से हाथ खींच लिया। अनीस को सबसे ज्यादा दुःख इस बात का हुआ कि उसने जिन यार-दोस्तों पर भरोसा किया था, वे उसके दिल की मलिका मीना को उससे हथिया लेना चाहते थे।

अनीस परेशान हो उठा और सारी स्थिति स्पष्ट करके मीना के सम्मुख प्रस्ताव रखा:

"मैं समझता हूं, हम लोग लखनऊ लौट चलें।"

मीना दुविधा में पड़ गई। वहां रहने या आगे जाने का कोई साधन नहीं था; पर वह लखनऊ लौटे तो किस मुंह से लौटे।

"क्या हमारे रोमांस का यही अंजाम होना था ?"

यह न सवाल था और न शिकायत थी। यह निराशा का चीत्कार था। दोनों चुप थे और उन्हें एक-दूसरे की ओर देखने तक का साहस नहीं हो रहा था। कुछ क्षण यों ही बीत गए।

"अंजाम क्यों, इसे आज़माइश कहो। जिस इश्क की आज़माइश न हो, वह इश्क ही क्या है !" आखिर अनीस ने खामोशी तोड़ी और वह शहीद के अंदाज से मुस्कराया।

वे दोनों लखनऊ लौट आए और उन्होंने अपने को मैजिस्ट्रेट की अदालत में पेश कर दिया। मीना बालिग़ थी। उसने अदालत में बयान दिया कि अनीस ने उसके साथ किसी प्रकार की जोर-जबरदस्ती नहीं की, वह स्वेच्छा से उसके साथ गई थी।

अदालत ने अनीस को मुक्त कर दिया और मीना अपने घर चली आई।

यह तय पाया था कि मीना कुछ समय अपने परिवार में रहे, इस बीच अनीस कोई रोजगार, कोई अच्छी नौकरी ढूंढेगा। जब कोई सिलसिला बन गया, वह मीना को अपने पास बुला लेगा।

'सुबह का भूला शाम को घर आया' की लोकोक्ति के अनुसार घरवाले मीना के लौट आने से संतुष्ट थे और उन्होंने इस घटना को युवावस्था का उन्माद समझकर नजरंदाज़ कर दिया था। उनका यह भी ख्याल था कि दो-चार साल में बात आई-गई हो जाएगी और जात-बिरादरी का कोई अच्छा लड़का देखकर वे बेटी का ब्याह उससे कर देंगे। पर वे लोग, जो दूसरों के मामूली से मामूली छिद्र ढूंढ़ते रहते हैं, इतने बड़े कांड को कैसे नजरंदाज़ कर देते ? उन्हें तो सौभाग्य से कोतूहल और चर्चा की सामग्री हाथ लगी थी।

"क्या यह वही लड़की है जो घर से भाग गई थी ?"

"हां, वही है, । देखती हो, कैसे थिरक रही है, इसे हया-लज्जा तो छू तक नहीं गई !"

"जो हया-लज्जा वाली होती हैं, वे परिवार की मान-मर्यादा का ध्यान रखती हैं और ऐसी बात सपने में भी नहीं सोचतीं।"

मीना किसी उत्सव, किसी पर्व अथवा ब्याह-शादी में जाती, उसकी ओर उंगलियां उठती थीं और उसे इस प्रकार के कटाक्ष सुनने पड़ते थे। अंतरंग और सगे-सम्बन्धियों तक की बातों से अवज्ञा और अवहेलना का आभास होता था और वह मन ही मन में तिलमिलाकर रह जाती थी। जब न सहा गया तो उसने किसीस मिलना-जुलना और घर से बाहर जाना ही बंद कर दिया। निकाह की बात सिर्फ उसे मालूम थी, वह अनीस की याद में दिन बिताती रही। इस प्रकार साल-सवा साल बीत गया; पर इस बीच में न अनीस का कुछ पता चला और न उसका कोई खत-पत्र आया। इस वातावरण में दम घुटने लगा। वह के० एण्ड के० कंपनी में रिसेप्सनिस्ट बनकर दिल्ली आ गई और वर्किंग गर्ल्स होस्टल में रहने लगी।

तालाब का मेढक समुद्र में आ गया। मीना का धीरे-धीरे उन युवक-युवतियों और अधेड़ स्त्री-पुरुषों से परिचय बढ़ा, जो उस आधुनिकता में जिसकी उसे मामूली हवा लगी थी, बहुत आगे निकल गए थे। वे क्षण में जीते और चेहरे देखकर 'हैलो, हैलो' करते और हाथ मिलाते थे। जो सामने नहीं था, वह आंख ओझल पहाड़ ओझल, उसकी किसी को चिंता नहीं थी। दिल्ली का यह वातावरण मीना को इतना रास आया कि उसने अपने लखनऊ के परिचितों और परिवार के सदस्यों तक को बहुत जल्द भुला दिया। धीरे-धीरे अनीस का चेहरा भी विस्मृति के कुहासे में खो गया। लैला-मजनू, सस्सी-पुन्नूं, हीर-रांझा रूपवती-बाजबहादुर इत्यादि की प्रेम कहानियों का क्षण में जीने वाली आधुनिकता की दृष्टि में कोई महत्व नहीं था। उनका प्रेम, प्रेम नहीं, पागलपन था। प्रेम का व्यक्ति विशेष से कोई सम्बन्ध नहीं, वह किसी क्षण किसीसे भी किया जा सकता है। महत्व है तो प्रेम के उन क्षणों का जो जीवन को आनंदविभोर बनाते हैं, जिनमें व्यक्ति आन्तरिक सुख की स्थिति में पहुंच जाता है। मीना को भी अब सिर्फ मुरादाबाद में बिताए गए दिनों की याद आती थी, जो उसके अंग-प्रत्यंग को रोमांचित कर देती थी। यह नई अनुभूति आखिर इतनी तीव्र हो उठी कि अनायास कविता में ढल गई :

मुझे वह समय याद आता है
जब मैं तुम थी और तुम मैं थे
हम तुम एक साथ सोए थे
मेरा शरीर तुम्हारे शरीर में
और तुम्हारा शरीर मेरे में
मोम के सदृश विलय हो गया था।
हम-तुम में कोई पर्दा नहीं था।

फिर समाज की विडम्बना बीच में आई
परछाइयां लम्बी होती चली गईं
अंधेरा गहराता चला गया
अब तुम कहीं हो, मैं कहीं हूं
तुम मुझे और मैं तुम्हें भूल गई

पर वे दिन रह-रहकर याद आते हैं
और याद को हम से कोई नहीं छीन सकता
याद—प्यारी याद !

कविता उसने एक साहित्य-गोष्ठी में सुनाई । वहीं उसकी गुरमेल से भेंट हुई । गोष्ठी में जो कवि और लेखक उपस्थित थे, उनमें से कुछ आधुनिक, कुछ प्रगतिशील और कुछ अपने को आधुनिक और प्रगतिशील दोनों मानते थे । दरअसल आधुनिकता और प्रगतिशीलता के बीच की विभाजनरेखा बहुत ही क्षीण थी । आज के आधुनिक को कल प्रगतिशील और आज के प्रगतिशील को कल आधुनिक बन जाने में कोई कठिनाई नहीं थी । दर-असल अपने को आधुनिक और प्रगतिशील कहलाने वाला हमेशा लाभ में रहता था और ऐसे ही साहित्यसेवियों की संख्या अधिक थी । गुरमेल 'आभा' नाम की एक पत्रिका निकालता था और उसमें इन तीनों प्रकार के कवियों और लेखकों की रचनाएं प्रकाशित होती थीं । एक सम्पादक, कवि और आलोचक के नाते गुरमेल को उन सबमें एक विशेष महत्व प्राप्त था और इस गोष्ठी का संयोजक भी वही था । मीना को देख सबके चेहरे खिल उठे और गुरमेल समेत सभी ने उसकी कविता की मुक्त कंठ से प्रशंसा की ।

"क्या मुझे आपकी यह सुंदर कविता अपनी पत्रिका में छापने का श्रेय प्राप्त हो सकता है ?" गोष्ठी के बाद काफी पीते हुए गुरमेल ने मीना से कहा ।

"नेकी और पूछ पूछ !" मीना ने चहचहाते हुए उत्तर दिया, "आपकी पत्रिका में छपना मेरे लिए गौरव की बात है ।"

'आभा' के अगले अंक में मीना की सिर्फ यही एक कविता नहीं, एक साथ पांच कविताएं प्रकाशित हुईं । आगामी चार अंकों में भी यह सिलसिला जारी रहा । छठे अंक के मुख पृष्ठ पर मीना का चित्र और भीतर 'आधुनिक कविता की मौलिक प्रतिभा' शीर्षक लेख छपा । हिन्दी के प्राध्यापक डा० हर्षनाथ सिसोदिया ने अपने इस लेख में मीना को मौलिक विचार, मौलिक बिम्ब और मौलिकी शैली की उदयमान कवयित्री सिद्ध करने के लिए आधुनिक आलोचना की सारी शब्दावली उंडेल दी थी ।

गुरमेल और मीना में गोष्ठियों से अलग भी अक्सर भेंट-वार्ता रहती थी। धीरे-धीरे घनिष्ठता इतनी बढ़ी कि वह मैं तू और तू मैं बन जाने के अंतिम बिंदु तक पहुंच गई। एक बार गुरमेल और मीना गुरुद्वारा साहब देखने अमृतसर गए और वहीं उन्होंने स्वेच्छा से शादी कर ली।

गोरा रंग, बड़ी-बड़ी आंखें, चौड़ा माथा—गुरमल अनीस से किसी तरह कम सुंदर नहीं था। उसका जन्म पंजाब के एक सम्पन्न सिख परिवार में हुआ था, पर युवावस्था में पग रखते ही उसने केश मुंडवा दिए थे और धर्म के तमाम चिह्न त्यागकर घरवालों से सम्बन्ध विच्छेद कर लिया था। अब वह आधुनिकता, प्रगतिशीलता और धर्मनिरपेक्षता का विद्रोही जीवन बिता रहा था। शाह खर्च आदमी था। पत्रिका की आय और मीना के वेतन से भी काम नहीं चलता था और हाथ हमेशा तंग रहता था। पता चला कि भारत सरकार से रूस ने विभिन्न भाषाओं के अनुवादक मांगे हैं, जिन्हें चार साल के अनुबंध से मास्को जाना होगा। गुरमेल अंग्रेजी से हिन्दी और पंजाबी दोनों भाषाओं में आसानी से अनुवाद कर लेता था। अच्छा वेतन, विदेश घूमने और आगे बढ़ने का सुअवसर। वह जोड़-तोड़ करके अनुवादक के नाते रूस पहुंच जाने में सफल हुआ।

मीना फिर वर्किंग गर्ल्स होस्टल में रहने लगी। अब वह आशी और रीता के सम्पर्क में आई। उसने श्रीमती हेलिन, बी० इंडेलिन, और मारबल मार्गिन द्वारा लिखी 'आकर्षक नारी' और 'सम्पूर्ण नारी' पुस्तकें पढ़ीं, जिनमें पुरुषों को लुभाने और वश में करने के ढंग बताए गए थे। दोनों महिलाओं ने अमेरिका में इसी नाम के आन्दोलन भी चला रखे थे और ये पुस्तकें उन्होंने इन आंदोलनों में प्राप्त अपने-अपने अनुभवों के आधार पर लिखी थीं, जो लाखों की तादाद में बिकी थीं। इन पुस्तकों ने मीना को यहां तक प्रभावित किया कि वह उन्मुक्त यौन-व्यापार की समर्थक रीता और आशी के ग्रुप की सदस्य बन गई।

मीना के जन्मजात संस्कार इसमें किसी प्रकार की बाधा नहीं थे, दूसरा कारण गुरमेल के बारे में मिली यह सूचना रही होगी कि उसने वहां किसी रूसी महिला से ब्याह कर लिया है। जो व्यक्ति मीना के प्रति निष्ठावान नहीं रहा, मीना भी क्यों उसके प्रति निष्ठावान रहती ?

गुरमल जब स्वदेश लौटा तो मित्रों ने सबसे पहला सवाल यही पूछा कि क्या उसने वहां सचमुच ब्याह कर लिया था ?

“हां, कर लिया था। पर वह ब्याह सिर्फ वहीं के लिए था न कि यहां के लिए।” गुरमेल ने निस्सकोच उत्तर दिया।

मीना ने जिस तरह पहले अनीस को भुला दिया था, गुरमेल को भी भला दिया। लेकिन अब वे दोनों उसके दावेदार बन गए, दोनों उसे पाने के लिए आतुर हो उठे और दोनों ने नरेंद्र के खिलाफ मुकदमा दायर कर दिया। मीना खुश थी कि तीन-तीन पुरुष उसके लिए आपस में लड़ रहे हैं। तीनों उसे अपनी प्रेमिका, अपनी पत्नी समझते हैं, जबकि वह न किसीकी पत्नी और न किसीकी प्रेमिका है। जब मुकदमा दायर हआ, उसने आईने के सामने खड़े होकर सगर्व कहा :

“मैं हर बंधन, हर संबंध से मुक्त सम्पूर्ण नारी हूं। मुझे पूरुषों को लुभाने और उन्हें वश में रखने की कला आती है।”

15

लोग अदालतों से न्याय की अपेक्षा करते हैं, पर होता यह है कि वहां जनता पर से जितनी ऊन उतर सके, उतारी जाती है। ब्रिटिश सरकार का आधार ही थाने और कचहरी का भय था। वही शासन प्रणाली अब भी चल रही है। हमारे इस देश में न्याय जितना महंगा है, दुनिया के शायद और किसी देश में नहीं। प्यादे को खुश किए बिना सम्मन की तामील मुमकिन नहीं। वह घर बैठे-बैठे लिख देगा, अभियुक्त मौके पर मौजूद नहीं था। पेशकार इस मंदिर का ऐसा देवता है, जिसकी पूजा हो जाए तो वह जितनी लम्बी पेशी चाहे, डाल देगा। कोई पूछने वाला नहीं कि महाशय, तुमने ऐसा क्यों किया? परिणाम यह कि मामूली से मामूली मुकदमा बरसों घिसटता रहता है। जो व्यक्ति हत्या जैसे गम्भीर अपराध में गिरफ्तार हो जाता है, बिना अपराध किए ही बरसों जेल में सड़ता रहता है। 109 सी० आर० पी० सी० की ऐसी दफा है, जिसके अंतर्गत किसी भी भले आदमी को गिरफ्तार किया जा सकता है। उसे अपराधी सिद्ध करने की जिम्मेदारी पुलिस पर नहीं, बल्कि खुद उसे अपने को निरपराध सिद्ध करना होता है, वर्ना पड़े रहो जेल में। अगर परदेसी है तो बेचारा जमानत तक नहीं जुटा सकता।

मीना का मुकदमा ही निराला था। इसमें गुरमेल, अनीस और नरेंद्र -तीनों को अपने-अपने गवाह और अपने-अपने सबूत पेश करने थे। उन्हें गवाह और सबूत जुटाने के लिए कितना समय चाहिए। इसके अलावा गवाहों को अदालत में लाना और भी टेढ़ी खीर थी। इसलिए मुकदमे के लम्बे खिच जाने की सम्भावनाएं और भी अधिक थीं। निराला होने के

कारण मुकदमे में लोगों की दिलचस्पी भी अधिक थी। अदालत का कमरा हर मर्तबा दर्शकों से खचाखच भर जाता था और पत्रों के संवाददाताओं की भीड लग जाती थी। मीना के कई प्रकार के चित्र प्रकाशित हुए जिनके नीचे 'तीन-तीन शादियां एकसाथ करनेवाली सुंदरी युवती' लिखा रहता था और इन शादियों की कहानी इतनी रोचक बनाकर छापी गई थी कि जासूसी उपन्यासों को मात कर दिया था। मनचले नौजवान इस विचित्र युवती की एक झलक पा जाने के लिए टूट पड़ते थे और फिर आपस में बातें करते थे:

"यार, चीज़ वाकई लाजवाब है।"

"क्या तुम्हारा भी मन आ गया उसपर ?"

"मेरी बात छोडो, तुम अपने मन की बात कहो।"

ये लोग दिलफेंक श्रेणी के थे, जिनकी सामाजिक चेतना शून्य के बराबर थी और भीड़ में इन्हींकी संख्या अधिक रहती थी। पर संख्या चाहे कम सही, दर्शकों में ऐसे लोग भी मौजूद थे, जो इस पूरी घटना को समाज और राष्ट्र के संदर्भ में देखते थे। इस श्रेणी के लोगों को तत्वदर्शी भी कहा जा सकता है। उनकी बातचीत का स्वर और स्तर पहली श्रेणी के लोगों से बहुत भिन्न था:

"मेरी राय में इस युवती को पद्मश्री या पद्मभूषण की उपाधि मिलनी चाहिए।"

"क्यों भई, वह किस खुशी में ?"

"वाह, जिस धर्मनिरपेक्षता की इतनी गुहार मचाई जा रही है, युवती उसका विशुद्ध रूप है।"

"और सामासिक संस्कृति का चलता-फिरता उदाहरण है।"

"अगर उसका एक पारसी और ईसाई पति भी होता तो यह उदाहरण एकदम पूर्ण दिखाई पड़ता और युवती पांच पांडवों की पत्नी कहलाने का श्रेय प्राप्त करती। मुमकिन है, आधुनिक द्रोपदी नाम से उसपर फिल्म भी बन जाती।"

"कौन जाने पारसी और ईसाई पति भी हों और उन्होंने अदालत में आना जरूरी न समझा हो !"

"यह भी आपने ठीक ही कहा है। शायद उनके पास गवाह और सबूत नहीं होंगे।"

"आप क्या बात करते हैं ? बिना गवाह और सबूत के दो ही क्यों, अनेक होंगे।"

इसपर जोरदार ठहाका पड़ता।

"क्या कहा, क्या कहा ? जरा एक बार फिर बताना ?" कितनों ही के कान खड़े हो जाते।

मीना के पिता की मृत्यु हो चुकी थी। उसके भाई सत्यनारायण और राजनारायण ने इस मुकदमे की ओर ध्यान ही नहीं दिया, ध्यान देने की जरूरत ही नहीं समझी। मीना के मर जाने की जो खबर अखबार में निकल चुकी थी, उनके लिए वह अब भी सही थी। गलत समझ लेने में उनका कोई लाभ नहीं था। मीना जो उनकी बहन थी, वह दरअसल इस खबर के छपने से पहले ही मर चुकी थी, तीन पतियों वाली इस मीना से, जिसका मुकदमा अदालत में चल रहा था, जिसमें दर्शकों और अखबारों की इतनी रुचि थी, उनका कोई सम्बन्ध नहीं था। भाई जिसे बदनामी समझकर चुप थे, मीना के लिए वह उसकी नई भूमिका का चरम-बिंदु था। अखबारों में उसके चित्र और उसका नाम जितना छपता था, वह उतनी ही प्रसन्न होती थी। एक बार 'धर्मयुग' और 'इलस्ट्रेटिड वीकली' के अंतिम पृष्ठ पर उसने कालेज की अपनी एक सखी अनन्ता का चित्र देखा था। दरअसल वह साड़ियों का इश्तहार था, जिसमें अनन्ता 'रुबिया' की साड़ी पहने माडल बनी खड़ी थी। उस समय मीना के मन में सखी के प्रति स्पर्धा उत्पन्न हुई थी। पर अब अगर संयोग से अनन्ता उसे कहीं मिल जाए तो वह उससे सगर्व कहे, 'विज्ञापन में माडल बनकर छप जाना भी कोई बहादुरी है ! देख, पब्लिसिटी लेना इसे कहते हैं।'

सांप के मुंह में छछुंदर, खाए तो कोढ़ी और छोड़े तो कलंकी। दुखी अगर कोई था तो वह नरेंद्र और उससे भी कहीं अधिक दुखी उसके बूढ़े माता-पिता। नरेंद्र को पहलगाम में ही विश्वास हो गया था कि मधु अर्थात् युवती ने स्मृति खो जाने का अभिनय किया था वर्ना उसे अपने जीवन के बारे में राई-रत्ती भली भांति याद था। कुछ भी भूला नहीं था।

न याद होती तो वह गुलदस्ते के पानी में चीनी कैसे घोल देती ?फिर भी वह रहस्य को रहस्य बनाए रखना और पति-पत्नी के पावन सम्बन्ध को अंत तक निबाहना चाहता था ताकि माता-पिता मानसिक कष्ट से बचे रहें, उनका बुढ़ापा खराब न हो, ताकि उसके परिवार की जगहंसाई और रुसवाई न हो।

लेकिन जिस रहस्य को नरेंद्र ने छिपाया, मधु की सखी रीता ने उसे रहस्य नहीं रहने दिया, कश्मीर से लौटते ही उद्घाटित कर दिया। जब अदालत से सम्मन पाए तो नरेंद्र के पैरों तले धरती घूम गई और वह सिर पकड़कर बैठ गया।

"नरेंद्र, क्या हुआ?" डा० त्यागराज ने चिंता व्यक्त की।

"पिताजी, क्या बताऊं? सर्वनाश !" उसने हताश स्वर में उत्तर दिया।

"सर्वनाश कैसा ! कुछ बताओ तो सही, बात क्या है ?"

उन दोनों को घबराए हुए देख कर सुभद्रा ड्राइंगरूम में आईं और बेटे को सिर पकड़े बैठे देखकर वह भी घबरा गईं।

"यह मधु नाम की युवती यहां आने से पहले दो विवाह कर चुकी थी।" नरेंद्र ने उत्तर दिया।

"दो बिवाह !" सुभद्रा और त्यागराज दोनों के मुंह से एकसाथ निकला।

"हां, इसने हमें धोखा दिया है। स्मृति खो जाना एक बहानामात्र था।"

दोनों अवाक रह गए। उन्हें लगा कि उनकी उम्र भर की कमाई धूल में मिल गई है। ऐसी बहु से तो नरेंद्र का आजीवन अविवाहित रहना कहीं अच्छा था। दुनिया सुनेगी तो क्या कहेगी?

कुछ देर सन्नाटा रहा।

"मेरी अकल पर पत्थर पड़ गए थे, जो मैं इस मुसीबत को उठाकर घर में लाया। वहीं सड़क पर पड़ी रहने देता।" डा० त्यागराज ने अपने को धिक्कारा। उनकी आंखें चढ़ गईं और घटने तेजी से हिलने लगे।

"पुराने लोग सम्बन्ध जोड़ने से पहले कुल, शील और अतीत की जांच

यों ही तो नहीं करते थे। हमने न कुछ देखा, न समझा, अंधेरे में छलांग लगा दी।" सुभद्रा हाथ मलते हुए बोली।

नरेंद्र चुप था और वह दांतों से बायें हाथ की अंगुली का नाखून काट रहा था।

"क्यों बेटी ! तुमने यह किस जन्म का बदला हमसे लिया ?" शुभद्रा ने युवती अर्थात मधु से उसके कमरे में जाकर पूछा।

वह पलंग पर सीधी लेटी छत की ओर देख रही थी। सुभद्रा को देखते ही वह चट उठकर बैठ गई।

"मां जी, यह सब झूठ है। वे लोग छटे हुए बदमाश हैं और मैं उन्हें जानती तक नहीं। शायद ब्लैकमेलिंग करके वे आप लोगों से रुपया हथियाना चाहते हैं।" युवती ने विनयपूर्वक सिर झुकाकर सफाई पेश की।

"तुमने विवाह नहीं किया ?" सुभद्रा ने पूछा।

"नहीं किया, नहीं किया। मैं अदालत में सबके सामने उनके झूठ का भंडाफोड़ करूंगी और उन्हें सजा दिलवाऊंगी। उन्होंने समझा क्या है?"

नरेंद्र भी सुभद्रा के पीछे-पीछे चला आया था और दरवाज़े में खड़ा युवती का नाटक देख-सुन रहा था।

"विवाह किया या नहीं किया, इस बात पर मिट्टी डालो।" नरेंद्र एक कदम आगे बढ़कर युवती से सम्बोधित हुआ, "पर क्या हम विश्वास कर लें कि तुम अदालत में ठीक यही बयान दोगी?"

युवती ने उन्हें आश्वासन दिया कि यह बयान बिल्कुल सही है और इससे अलग कोई दूसरा बयान हो ही नहीं सकता।

फौजदारी के मुकदमों में हाजिरजवाबी वकील का सबसे बड़ा गुण है। प्रेमनाथ चुग को यह गुण अपने पिता दीनानाथ चुग से विरासत में मिला था। उसके बारे में प्रसिद्ध था कि फौजदारी में उसकी टक्कर का कोई दूसरा वकील नहीं है। वह अपनी तर्कशक्ति से स्त्री को पुरुष और पुरुष को स्त्री सिद्ध कर देने में सक्षम है। विरोधी पक्ष के वकील, मैजिस्ट्रेट और जज उसका मुंह ताकते रह जाते हैं, सबके मुंह में घुनघुनियां पड़ जाती हैं।

नरेंद्र ने पिता से मशवरा करके चग को अपना वकील बनाया और इस आशा में कि युवती का आचरण चाहे कुछ भी रहा हो, अगर वे मुकदमा जीत लेते हैं, तो सांसारिक दृष्टि से मान-प्रतिष्ठा पर तो आंच नहीं आएगी, उसकी ऊंची से ऊंची फीस अदा कर दी।

16

इतिहास निरंतर गतिशील है। इस गति से समय-समय पर नई स्थिति रूपायित होती रहती है। जो व्यक्ति अथवा राष्ट्र समझ न पाने अथवा किसी प्रलोभन के कारण अपने को इस नई परिस्थिति के अनुरूप नहीं बना पाता, वह जाने-अनजाने ऐसी भूलें करता है, जिनके परिणाम बड़े ही भयंकर होते हैं। अपनी भूल का बोध हो जाने पर एक ईमानदार व्यक्ति के लिए 'अब पछताए क्या होत, जब चिड़ियां चुग गईं खेत' की कहावत के अनुसार अपना सिर धुन लेने के अलावा और कुछ चारा नहीं रह जाता क्योंकि तब तक बहुत-सा पानी पुल के नीचे से गुजर चुका होता है।

डा० भद्रसेन की भी ठीक यही हालत थी और वह उस समय को पछता रहा था जब उसने नरेंद्र को युवती से विवाह कर लेने के लिए प्रोत्साहित किया था। इस रहस्य-उद्घाटन से कि युवती ने स्मति खो जाने का नाटक रचा था, उसे बड़ा आघात पहुंचा। वह सुभद्रा और त्यागराज से भी अधिक दुखी था। आंतरिक क्षोभ ने उसे विक्षिप्त-सा बना दिया था। किसी मरीज को गलत दवा न दे दी जाए, इस भय से वह दो-तीन दिन अपने क्लिनिक भी नहीं गया। हवास जब कुछ ठिकाने आए तब भी वह क्लिनिक जाने के बजाय पहले डाक्टर परिवार में गया और जाते ही बोला :

"नरेंद्र भैया ! आप लोगों पर जो गाज टूटी है, उसके लिए दोषी मैं हूं। तुमने युवती को उसकी वेशभूषा से ठीक पहचान लिया था और तुमने उसके मेंड्रिक्स खाकर बेहोश होने की बात भी ठीक ही सोची थी; पर मैं नहीं चेता, मैंने ही तुम्हारे पैर नहीं लगने दिए। नई पीढ़ी के प्रति मेरे उदार भाव ने मेरी दृष्टि

को धुंधला दिया था। मैंने यह नहीं समझा था कि यह अत्याधुनिकतावाद मधु को भी विष बना देता है।"

"बेटा ! तुम क्यों व्यर्थ में दुखी होते हो ?" सुभद्रा ने उसे सांत्वना दी, "जो होनी है, वह होकर रहती है। मेरी तरफ देखो, सारी उम्र लड़. कियों को पढ़ाया, वाल सफेद हो गए, पर मैं उसे इतने दिन पास रखकर भी न समझ पाई। नरेंद्र का विवाह हो जाए, इसके अतिरिक्त मैंने कुछ नहीं सोचा।"

"लेकिन मैं तो सब कुछ जानते-बूझते हुए मूर्ख बन गया। नरेंद्र के चेताने पर भी नहीं चेता। मेरी इस भूल से आप लोगों का कितना बड़ा अनिष्ट हो गया।"

"डाक्टर ! यह भावुकता छोड़ो।" त्यागराज का दृढ़ स्वर सुनाई पड़ा, "नरेंद्र के विवाह से हम भी प्रसन्न थे और तुम भी प्रसन्न थे। दोषी हैं तो हम सब हैं वर्ना कोई नहीं। तुम बहकी-बहकी बातें छोड़ो और अपने काम की ओर ध्यान दो। जो सिर पर आ पड़ी है, उसे सब मिल-जुलकर भुगतेंगे। तुम क्यों दिल थोड़ा करते हो?"

जैसे कोई नींद से जागे और 'आग लग गई' सुनकर पहले कुछ घबराए और फिर उसे मुस्तैदी से बुझाने में जुट जाए, वैसे ही डा० त्यागराज एक झटका खाने के बाद संभल गए थे। अब न उनके घुटने हिलते थे और न स्वर में कम्पन था। वह सोफे पर सीधे बैठे थे और मुखमुद्रा शांत और गम्भीर थी। उनके धैर्य को देखकर सुभद्रा और नरेंद्र को भी ढाढ़स बंधा था और उन्होंने सिर पर आ पड़ी को भुगत लेने के लिए कमर कस ली थी।

भद्रसेन ने त्यागराज की यह सौम्य मुखमुद्रा देखी तो उसके मस्तिष्क में एक के बाद एक इतिहास के कई पन्ने पलट गए।

त्यागराज के पिता शिवनाथ और उसके अपने दादा गयाप्रसाद अभिन्न मित्र और उन्नीसवीं सदी के अंतिम दशक और बीसवीं सदी के दो प्रारंभिक दशक की राजनीति में सक्रिय भाग लेने वाले राष्ट्रवादी थे। उन्होंने गीता से प्रेरणा लेकर कर्मयोगी बनने का संकल्प धारण किया था। वे जनसाधारण में राष्ट्रीय चेतना उत्पन्न करने और उसे ऊंचा उठाने के

लिए 'नक्कारा' नाम का हफ्तेवार अखबार निकालते और पैम्फलेट छापते थे। वे बाल गंगाधर तिलक के इस मत से सहमत थे कि सुधारों की मांग समाज के भीतर से होनी चाहिए। वे तिलक ही की तरह अपने को अंग्रेज के सामने साहब बनाकर पेश करने वाले पश्चिमीकरण के इच्छुक सुधारकों के कडे विरोधी थे। तर्क यह था कि विदेशी सरकार की मदद से थोपे गए सुधारों से कोई लाभ होने के बजाय जनसाधारण में हीनता भाव उत्पन्न होता है और इस मिथ्या प्रचार को बल मिलता है कि ब्रिटिश शासन हमारे लिए दैवी वरदान है।

शिवनाथ और गयाप्रसाद में दांत काटी रोटी थी। इन दोनों परिवारों में तभी से घनिष्ठ सम्बन्ध चले आ रहे थे। त्यागराज शिवनाथ का इकलौता बेटा था। उसने अर्थशास्त्र में डाक्टर की डिग्री ली और वह शिक्षा क्षेत्र में चला गया। शिवनाथ और गयाप्रसाद ने पैम्फलेट छापने का जो सिलसिला शुरू किया था, उसने उनके जीवन ही में 'राष्ट्रीय प्रकाशन गृह' का रूप ले लिया था। भद्रसेन के पिता गणपत राय ने यह प्रकाशन गृह संभाला और वह राष्ट्रोपयोगी साहित्य छापता रहा। 1921 के सत्याग्रह में वह जेल गया और उसके द्वारा प्रकाशित दो पुस्तकें 'ब्रिटिश शासन एक षड्यंत्र' और जलियांवाला बाग के हत्याकांड पर आधारित एक नाटक 'जंजीरें टूटीं' विदेशी सरकार ने जब्त कर ली।

पिता के बाद 'राष्ट्रीय प्रकाशन गृह' को भद्रसेन के बड़े भाई इंद्रसेन ने संभाला। वह जेल ही में आतंकवादी से मार्क्सवादी बन गया था। उसने प्रगतिशील और मार्क्सवादी साहित्य प्रकाशित किया और उसका उद्देश्य भी जनसाधारण की चेतना के स्तर को ऊंचा उठाना और स्वाधीनता संघर्ष को सही दिशा देना था। पिछले दिनों जब उसका देहान्त हुआ तो जमुना किनारे विद्युत् शवदाह गह में उसके दाह-संस्कार के अवसर पर सगे--संबंधियों के अलावा पुराने क्रान्तिकारी और कांग्रेसी नेता श्रद्धांजलि अर्पित करने आए थे।

डाक्टरी शिक्षा के अलावा भद्रसेन को दादा और पिता से राष्ट्रीय और भाई से वामवादी परम्परा विरासत में मिली थी। दोनों तरह के साहित्य का यथाशक्ति अध्ययन और मनन करने के बाद वह इस निष्कर्ष पर पहुंचा था

कि ज्ञान पीढ़ी-दर-पीढ़ी आगे बढ़ता है। नई पीढ़ी के प्रति उसका भाव इसी कारण उदार था।

युवती की इस घटना ने उसे बुरी तरह झंझोड़ दिया था। जब उसका सम्बन्ध चिंतन की एक स्वस्थ परम्परा से था, उसने नरेंद्र को ग़लत मशवरा क्यों दिया ? क्यों अपने एक प्रिय परिवार को मुसीबत में धकेला? राष्ट्र की चेतना को ऊंचा उठाने और सही दिशा देने का जो प्रयास लगभग एक सदी पहले शुरू हुआ था, उसका क्या बना? सुधार और क्रान्ति के सपने धरे क्यों रह गए ? दिन-दिन बढ़ रहे अपराधों के लिए अपने को शिक्षित-कहलाने वाले सबसे ज्यादा दोषी हैं। खुद उसने एक समाज-विरोधी और परम्परा-विरोधी प्रवृत्ति को प्रोत्साहन देने का घृणित अपराध किया है। आखिर यह सब हुआ क्यों ? वह, नरेंद्र, सुभद्रा और त्यागराज—सबके सब इस जाल में मछलियों की तरह सहज में क्यों फंस गए ?

भद्रसेन के मन को यह दुसरा आघात लगा था, जिसने उसके विश्वास को जड़ से हिला दिया था। पहला बड़ा आघात तब लगा था जब वामपक्षी आंदोलन टुकड़ों में खंडित हुआ था। तब उसके अपनी प्रतिक्रिया व्यक्त करते हुए सोमनाथ सहगल से पूछा था, 'इसका कारण यह तो नहीं कि देश ठहराव और गतिरोध की स्थिति में पहुंच गया है ?'

'डाक्टर, तुम बेकार सोचते हो।' सहगल ने उत्तर दिया था।

'मैं सोचता तो हूं।' एक विक्षोभ और विद्रूप-भरी मुस्कराहट भद्रसेन के होंठों पर तिर आई थी और उसने सहगल की ओर देखते हुए कहा था, 'मुझे यह भी दुख है कि तुम ...तुम जो बुद्धिजीवी हो 'सोचते नहीं।'

अब भी जाने क्यों मुक्केबाज मुहम्मद अली और प्रोफेसर सोमनाथ सहगल की आकृति एकसाथ मस्तिष्क में उभर आई।

''जो सिर पर आ पड़ी है, उसे सब मिल-जुलकर भुगतेंगे।'

आकृति धुंधला गई। भद्रसेन ने गर्दन उठाकर त्यागराज की ओर देखा। उसे वह सदियों संचित धैर्य और संकट से जूझने वाले दृढ़संकल्प के प्रतीक जान पड़े।

वह स्वस्थ मन उठा और जाकर क्लिनिक खोला। हमेशा की तरह मरीजों को देखा और दवा दी।

नरेंद्र का मुकदमा उसके लिए मुकदमा नहीं, एक गम्भीर समस्या थी, जिसे वह मन-मस्तिष्क की सारी शक्ति लगाकर सुलझाना चाहता था। वह हर पेशी पर अदालत में जाता था और सारी कार्रवाई ध्यान से सुनता था। ज्यों-ज्यों मुकदमा लम्बा खिंचा, मधु अर्थात मीना के, अनीस, गुरमेल के बयान सुने और जिरह सुनी, 'आधुनिकता' और 'प्रगतिशीलता' के विभिन्न पहल उजागर होते चले गए। न सिर्फ यह कि नरेंद्र को दी गई सलाह में अपनी भूल को उसने सैद्धांतिक रूप से समझा, बल्कि हमारे वामवाद और राष्ट्रीय जीवन की जिन असंगतियों को वह पहले आघात में नहीं समझ पाया था, वह अब स्पष्ट हो गई।

"तुमने एक शरीफ परिवार को धोखा क्यों दिया ?" मैजिस्ट्रेट ने मधु से पूछा।

"मैंने धोखा नहीं दिया, मेरी स्मृति खो गई थी।" उसने उत्तर दिया।

"स्मृति कब लौटी ?"

"पहलगाम में जब रीता से भेंट हुई और उसने मुझे मेरे नाम से पुकारा।

अब अगर सिद्ध हो जाए कि उसने स्मति खो जाने का बहाना किया था तो उसे धोखादेही के अपराध में जेल भेजा जा सकता था।

अनीस और गुरमेल ने उसके नरेंद्र के घर रहने पर आपत्ति की, इस लिए उसे नारीनिकेतन में भेज दिया गया। वह खुशी से चली गई, जैसे उसके लिए यह भी एक प्रयोग—एक नई भूमिका हो।

युवती ने अनीस और गुरमेल के साथ अपना विवाह नहीं स्वीकारा, सिर्फ इतना कहा कि उनके साथ उसका प्रेम-सम्बन्ध था। उन दोनों को यह सिद्ध करना था कि ब्याह वाकई हुआ था।

जब वे लौट रहे थे तो अदालत में इकट्ठे हुए तमाशाइयों में से किसी ने सस्वर यह दोहा पढ़ा :

'रहिमन धागा प्रेम का, मत तोरह चटकाय।
टूटे से फिर न मिले, मिले गांठ पड़ जाय।''

भद्रसेन इन सब बातों को राष्ट्रीय चेतना के संदर्भ में देखता था और तमाशाइयों की प्रतिक्रिया और फब्तियों से भी स्थिति का अनुमान लगाता

था।

उसने अनीस और गुरमेल से दो-तीन मर्तबा व्यक्तिगत रूप से भेंट की ताकि उनके विचार जाने और मुकदमे के प्रति उनके रुख को समझे।

नरेंद्र और सहगल से बातचीत का यही एक विषय रह गया था। भद्रसेन के मस्तिष्क में जो प्रश्न उठते थे, वह उनपर विचार-विमर्श किया करता था।

"डाक्टर, मैं तुममें एक बड़ा परिवर्तन देख रहा हूं।" एक दिन सहगल बोला।

"शुक्र है तुमने कुछ देखा तो सही।" भद्रसेन ने मुस्कराते हुए उसकी ओर देखा, "बताओ तो सही, वह परिवर्तन क्या है ?"

"दौड़-धूप तुम बहुत करते हो। लेकिन पहले की तरह परेशान बिल्कुल नहीं होते।"

"मैं इस घटना की जब राष्ट्रीय और अंतर्राष्ट्रीय बड़ी-बड़ी घटनाओं से तुलना करता हूं तो मुझे यह बहुत छोटी और तुच्छ दिखाई पड़ती है। मेरे परेशान न होने का एक कारण यह है।" भद्रसेन ने दार्शनिक ढंग से उत्तर दिया।

"यह बोध शायद अभी हुआ है ?" सहगल ने प्रश्न भद्रसेन से किया पर देखा नरेंद्र की ओर। वह आंखों ही आंखों से मुस्करा रहा था।

"बोध काफी दिनों पहले हो गया था। लेकिन हुआ इसी मुकदमे के दौरान।" भद्रसेन ने पूर्ववत् उत्तर दिया।

"कहावत भी है कि आदमी ठोकर खाकर सीखता है। खैर, अब दूसरा कारण बताओ ?"

"दूसरा कारण !" भद्रसेन ने कुर्सी जरा आगे सरका ली और एक क्षण चप रहने के बाद दृढ स्वर में कहा, "जब तक देश में वर्तमान स्थिति बनी रहेगी, ऐसी घटनाएं अनिवार्य रूप से घटती रहेंगी। शरीर में विकार हो तो फोड़े-फुंसियां अवश्य निकलेंगे।"

"डाक्टर, फोड़े-फुंसियां न हों तो आपके पास मरीज कहां से आएंगे ?" सहगल हंसा, लेकिन नरेंद्र ने उसका साथ नहीं दिया।

"मेरी बात का मखौल मत उड़ाओ। उसे समझो।" भद्रसेन ने अंगुली हिलाते हुए चेतावनी दी, "मैं यह भी बता दूं कि देश की इस वर्तमान स्थिति

के लिए हमारा वामवाद जिम्मेदार है। इसमें तम भी शामिल हो और मैं भी शामिल हूं।"

"हेयर, हेयर, डाक्टर आज आत्मालोचना के मूड में हैं।" सहगल ने हल्के से ताली बजाई।

"बात तो वह ठीक ही कह रहे हैं।" नरेंद्र धीरे से बोला।

"लो, तुम्हें नई पीढ़ी का समर्थन भी प्राप्त हो गया।"

"वह तो होगा। नई पीढ़ी सत्य को जल्दी पकड़ती है।" भद्रसेन ने कमर पुश्त से लगाकर कुर्सी का अगला भाग ऊपर उठाया।

"डाक्टर, मेरी सलाह मानो। अपने इन विचारों को प्रकाशित कर दो। मैं मजाक नहीं कर रहा, एकदम मौलिक हैं।"

"मैं मौलिकता का श्रेय भी लेना नहीं चाहता। मेरा खयाल है कि पूरे देश में पुनर्चिंतन तन हो रहा है। राष्ट्र ने बहुत-सी ठोकरें खाई हैं।"

वे सहगल के मकान पर बैठे थे। उसकी पांच-छः साल की नन्ही बच्ची, जिसका नाम पप्पी था, दौड़ती हई आई और हाथ फैलाकर बोली, "पापा, पैसे दो, मैं गुब्बारा लूंगी।"

"पप्पी, रहने दो। दो मिनट में फट जाता है।"

"ऊं हूं... पैसे दो।"

सहगल ने दस का सिक्का बच्ची को थमा दिया। वह दौड़ती-मुस्कराती चली गई।

"अच्छा, डाक्टर ! मुकदमा तो लम्बा चलेगा। अदालत से बाहर भी इसका कोई हल सम्भव है ?"

"अदालत से बाहर !" भद्रसेन सोच में पड़ गया। सिर कुर्सी की पुश्त पर रखे-रखे कुछ क्षण सोचता रहा और फिर एकदम कमर सीधी करके बोला, "सम्भव है।"

"वह बताओ। देश की समस्या तो जब हल होगी तब होगी। हम अपनी इस समस्या को तो हल कर लें।"

"आज छ: तारीख है ?"

"हां, छः।"

"और मकदमे की पेशी कब है ?"

"पंद्रह को।" उत्तर नरेंद्र ने दिया।

"इस पेशी पर फैसला हो जाएगा। इस बीच में अनीस और गुरमेल को यहां या मेरे मकान पर बुला लीजिए। मैं अपना सुझाव उनके सामने रखूंगा और मुझे विश्वास है कि वे सहमत हो जाएंगे।"

"सुझाव क्या है, यह तो बताओ?" सहगल और नरेंद्र ने एकसाथ पूछा।

"पहले ही चर्चा कर देने से बात का महत्त्व और प्रभाव कम हो जाता है। मैं उसी समय सबके सामने बताऊंगा।" भद्रसेन ने उत्तर दिया।

तय पाया कि वे दस तारीख को सहगल के मकान पर फिर मिलेंगे। गुरमेल और अनीस को भी बुला लिया जाएगा।

कुछ दिन पहले पानसिंह को फिर विद्रोह का दौरा पड़ा था और वह सब कुछ छोड़-छाड़कर भाग खड़ा हुआ था।

"पान सिंह लौटा या नहीं?" भद्रसेन ने चलते-चलते नरेंद्र से पूछा।

"खयाल है कि अब वह नहीं आएगा। इस बार वह अपने घर पहुंच गया है।" नरेंद्र ने बताया।

"उसे कांगड़े की धरती बहुत दिनों से बुला रही थी।" भद्रसेन ने अर्थपूर्ण ढंग से नरेंद्र की ओर देखा।

17

पांचों आदमी सहगल के मकान पर निश्चित समय पर इकट्ठे हुए। भद्रसेन का सुझाव जान लेने के लिए सहगल बहुत उतावला था, इसलिए सबसे पहले वही बोला :

"डाक्टर, अब बताओ, तुम्हारा सुझाव क्या है ?"

भद्रसेन ने एक नजर अनीस, गुरमेल और नरेंद्र की ओर देखा। लगा कि वे भी सुझाव जानने के लिए उत्सुक हैं। उसने एक क्षण रुककर बात शुरू की:

"मुकदम को डेढ़ बरस हो गया, अभी इतना या इससे अधिक समय और लग सकता है। इसलिए अदालत में परेशान होने के बजाय बेहतर है, आप तीनों व्यक्ति अपने-अपने नाम पर्चियों पर लिख लाटरी डाल लें..."

इससे पहले कि भद्रसेन अपनी बात पूरी करे और उसपर अनीस और गुरमेल अपनी राय दें, सहगल खिलखिलाकर हंस पड़ा।

"लाटरी का सुझाव भी खूब है। जिसके नाम की पर्ची निकल आएगी, मीना अर्थात् मधु उसीकी हो जाएगी।" हंस लेने के बाद उसीने बात पूरी की।

"मैं सहमत हूं।" नरेंद्र ने चट अपना मत व्यक्त किया।

अनीस और गुरमेल ने एक-दूसरे की ओर देखा और आंखों ही आंखों में मशवरा किया।

"हमें कोई एतराज नहीं बशर्ते कि अदालत मान जाए।" अनीस बोला।

"बशर्ते कि यह सुझाव मीना को भी मंजूर हो।" गुरमेल ने कहा।

"मीना से पूछ लिया जाएगा।" भद्रसेन ने उत्तर दिया और फिर आगे कहा, "रही अदालत, उसका मेरे इस सुझाव से कोई संबंध नहीं और न हमें उसे बताने की जरूरत है।"

पंद्रह तारीख की पेशी पर अनीस, गुरमेल और नरेंद्र—तीनों के हस्ताक्षर से मुकदमा वापस लेने के कागज़ात अदालत में विधिवत् दाखिल कर दिए गए। उसके बाद नरेंद्र और मीना, उनका वकील प्रेमनाथ चुग, अनीस और गुरमेल और दोनों के वकील चुग के कमरे में इकट्ठे हुए। भद्रसेन और सहगल भी मौजूद थे।

मीना ने लाटरी का सुझाव स्वीकार कर लिया था और अब वह देखना चाहती थी कि जिन दो के नाम की लाटरी नहीं निकलेगी, उनपर क्या बीतेगी, उनकी प्रतिक्रिया क्या होगी। वह यह सोचकर प्रसन्न थी और प्रसन्न इसलिए भी थी कि नारी निकेतन के जीवन से छुटकारा मिलेगा। वह इस प्रयोग से ऊब गई थी।

तय पाया कि अनीस, गुरमेल और नरेंद्र कागज पर अपना-अपना नाम लिखें। उन तीनों कागजों की गोली बनाकर और एक गिलास में डालकर खूब हिला दिया जाए। फिर मीना अर्थात् मधु गिलास में से एक गोली निकाले। उसपर जिसका नाम लिखा हो, वह उसीके साथ चली जाए।

"तुम्हें मंजूर है न?" चुग ने मधु से पूछा।

"हां, मंजूर है।" उसने उत्तर दिया और अपनी लम्बी-लम्बी पलकें उठाकर अनीस, गुरमेल और नरेंद्र को बारी-बारी से देखा, जैसे वह उन्हें अब भी भरमा रही हो।

प्रेमनाथ चुग ने एक ही साइज के तीन कागज लिए और एक-एक अनीस, गुरमेल और नरेंद्र की ओर बढ़ा दिया ताकि उसपर हर एक अपना नाम खुद लिखे।

कमरे में नितान्त निस्तब्धता थी। सहगल भद्रसेन की ओर देख कर मुस्करा रहा था।

नरेंद्र ने कागज लिया, लेकिन नाम लिखने के बजाय उसे पुर्जा-पुर्जा करके हवा में उछाल दिया।

"यह क्या है ?"

सभी ने विस्मय में भरकर उसकी ओर देखा।

"जिस औरत को मुझसे कोई लगाव नहीं है और जो किसीके भी साथ जाने को तैयार है, मुझे उसमें कोई दिलचस्पी नहीं। आप दोनों पर्ची डालिए।" नरेंद्र ने अपने प्रतिद्वन्द्वियों से कहा।

गुरमेल ने अनीस और अनीस ने गुरमेल की ओर देखा और आंखों ही आंखों में मशवरा किया।

"मुझे भी कोई दिलचस्पी नहीं।"

"और मुझे भी नहीं।"

उन्होंने कहा और अपनी-अपनी पर्चियां पुर्जे-पुर्जे करके हवा में उछाल दीं।

पुरुषों को लुभाने और वश में रखने वाली सम्पूर्ण नारी उनके मुंह की ओर तकती रह गई।

□□